Sonya
ソーニャ文庫

政略結婚した年の差夫は、私を愛しすぎる変態でした

市尾彩佳

JN131180

イースト・プレス

contents

プロローグ

今から六年近く前、結婚して三か月ほど経った頃、夫の外交任務に同行して三番目に滞在した国での出来事だ。

訪ねてきた客人に、夫は満面の笑みを浮かべて言った。

「我が愛しの妻のルイーザです」

夫にこんな風に紹介してもらったら、普通の妻であれば恥ずかしさはあれど嬉しいだろう。

しかしルイーザは普通の妻ではない。

紹介を受けた中年の男性も、困惑の末にようやっと受け答えする。

「お……お若いですな？」

立派な髭を貯えた顔に浮かべた笑みがひくついている。

相手の動揺に気付いていないはずがないのに、夫は笑顔のまま返事をした。

「ええ。十二歳ですから」

ちなみに、当時夫は三十六歳である。

政略結婚が当たり前の貴族社会では年の差婚なんてよくある話だけれど、成人した男性貴族は余程の事情がない限り成人前の少女との婚姻など避けるものだ。

実際、三十五歳の夫が十一歳の妻を迎えたと聞き、口さがない社交界の者たちは少女趣味と嘲笑した。噂話を好む彼らは、面白おかしく、または憚《はばか》るようにして、瞬く間にあの男はロリコンだという噂を広めた。

良からぬ噂は貴族にとって醜聞《しゅうぶん》となり、時にその者の名誉や評判を著しく傷付ける。

にもかかわらず、夫は結婚という隠しようのない事実を作ったばかりか、自ら吹聴《ふいちょう》するような真似をする。せっかく他国に赴任して、二十四歳年下の少女と結婚したことを知る者のいない場所で生活を始めたというのに、会う人会う人にこうして紹介してしまう。

夫は滑らかなシルバーブロンドの髪をしていて、前髪に少し隠れる眼窩にはラピスラズリのように煌めく瞳。顎が細くシャープな顔立ち。平均的な身長の貴族男性より、頭一つ分背が高い。すらりと均整の取れた身体ということもあって、遠目でもよく目立つ。

今はワインレッドのベストとズボンに白いシャツで、首にクラバットも巻いていないくだけた格好だが、上品な所作のせいかそれが様になっている。

そんな素敵な男性が自らのロリコン趣味をひけらかすなんて、残念なことこの上ない。

だが、ルイーザには――いや、誰にも止める術はなく、夫は芝居がかった身振り手振りでルイーザを褒めちぎり始めた。

「綿毛のようにふわふわで深みのある赤い髪は、レースたっぷりの白いドレスにとてもよく映えるでしょう？　こういうドレスは若いうちじゃないと着にくいと思い、妻に着てもらったんです。そして金の虹彩の混じる美しい瞳！　小さく愛らしい鼻！　ふっくら柔らかな手触りの良い白い頬――ああ、お触りはご遠慮願います。夫である私の特権なので！　それから細くしなやかな手足。どこを取っても完・璧です！　そうは思いませんか？」

「は……はあ……」

客人は困った顔をして、ちらりとルイーザを見た。夫の形容とあまりにかけ離れているので、なんと返したらいいか決めあぐねているのだろう。

数本ずつの束になってうねっているもじゃもじゃ髪はくすんだ赤。瞳ははしばみ色――わかりやすく言えば黄色がかった薄茶色。低い鼻。下膨れぎみのほっぺた。がりがりの手足――というのが、ルイーザ個人の見解だ。

そんな綺麗とも可愛いとも言い難いルイーザにレースふりふりの少女趣味なドレスが着

せられているのだから似合わないことこの上ない。

短い時間にいろいろ考えたらしい客人は真実より友好を選ぶことにしたようだ。

「いやはや、大変愛らしい奥様だ。自慢したくなるのもよくわかる」

「そうでしょうそうでしょう」

大きく頷きながら、夫はご満悦である。

更に困惑する客人。ルイーザは申し訳ないやら恥ずかしいやらで居たたまれない。

こういう状況を回避すべく、子供の浅知恵ながらも、ルイーザはいろんな手を尽くしてきた。自分を妻と紹介する夫に対し折を見て咎めては、夫婦であることを内緒にしようと進言し、その理由をこんこんと説明した。しかし、夫の反応は芳しくない。

——ルイーザ、愛しの我が妻よ！　私は君を日陰者のように扱うつもりはない！　周りのことなら気にしなくていいよ。なんとかなるからね。

実際、国王の覚えもめでたい夫の立場は、どれほど醜聞が広まろうが揺らぐことはない。

(でも、他人の目は気にしてほしいわ)

子供ながら、ルイーザにだって羞恥心《しゅうちしん》はある。夫に少女趣味の対象にされ、人々から好奇の目で見られるのは恥ずかしい。

しかし、特別な理由がない限り、人は環境に慣れていくものだ。

夫はルイーザに夫婦らしいことを要求せず、大量に買い込んだドレスや靴、装飾品など

で毎日着飾っては悦に入《い》っている。その奇行を止めるのを諦めたルイーザは、夫への嫌味を込めて客人に言うのだ。

「ほほほ、ごめんなさい。夫は年甲斐もなくお人形遊びが好きで」

客人はますます困惑し、「そうですか……」と気の抜けた相槌を打つ。

夫――ティングハスト王国ガスコイン侯爵家嫡男、ヴェレカー子爵であり敏腕外交官としても名を馳せるトレバー・カニングは、妻の嫌味をものともせず、にこにこと妻を見つめるのだった。

一章

夫トレバーと出会ったのはルイーザが六歳のとき。王宮で開かれた当時五歳の第三王子のためのパーティーでのことだった。

招待客は社交界デビュー前の貴族の子女。トレバーは招待客の付き添いでもないのに会場にいた。そんな中でトレバーの連れが問題を起こし、それがきっかけで言葉を交わした。

目を奪われるほどの美貌と皮肉げな態度に、子供ながらときめいた。

次に会ったのは十一歳の頃。ルイーザとトレバーの結婚話が持ち上がったときだった。

その際当事者であるルイーザは、父方の祖父と伯父がある大罪に加担していて、もうすぐ捕らえられることになっていると知らされた。そうなると血縁者の連座は必至で、ルイーザと家族も処罰される。

その大罪とは王太子暗殺。ルイーザの父が密告し未然に防いだとしても、連座を免れられなかったかもしれないほどの罪だった。それを回避するための縁組だという。

トレバーは暗殺者を泳がせ、黒幕たちを法で裁ける形で捕まえる役目を負っていたため、そんな彼と結婚すれば、ルイーザはもちろん、家族も処罰を免除してもらえるだろうと。

この話をしてくれたときのトレバーは、かつてのひねくれたところはなく、とても優しい紳士だった。その上ルイーザ一家を守るための政略的な結婚だと思っていたのに、ルイーザの前で片膝をついてプロポーズしてくれた。

――こんなおじさんだけれど、結婚してくれるかい？

目が眩《くら》むほどの美貌の主からプロポーズされ、気が動転したルイーザはつい憎まれ口を叩いてしまった。

――家族を助けてくれるっていうのに、断れるわけがないわ。

そんな酷い態度を取ったというのに、トレバーはこの上なく幸せそうに微笑んで「じゃあ結婚してくれるんだね？」と言ったのだった。

十七歳の今になって思えば、それが初恋だったのだろう。

そうして慌ただしく執り行われた結婚式の夜、ルイーザは怖いのに虚勢を張って夫婦の寝室に乗り込んだ。

――こっ、子作りは貴族の義務でしょ？　わたしはまだ小さいからその気にならないかもしれないけど、すっ、好きにしてくれたらいいわ！

ベッドに入って本を読んでいたトレバーは、ノックもせずにずかずか寝室へ入ってきたルイーザに目を丸くし固まった。それを見て、ルイーザは気付いてしまった。

（この人、わたしに手を出す気なんてまったくなかったんだわ）

子供には手を出しにくかろうと気を利かせたつもりがとんでもない早合点だったと気付き、ルイーザは居たたまれなくなって自分の寝室へ逃げ帰った。

（これからどんな顔してあの人に会えばいいんだろう？）

布団を頭から被って羞恥に震えていると、トレバーがやってきてベッドの端に座り、布団越しに頭を撫でてきた。

――ルイーザから私のところへ来てくれて嬉しかったよ。でも無理しているだろう？ こういうことは成長していくにつれ、自然と受け入れられるようになるんだ。私のことは気にしなくていいから、ゆっくりと大人におなり。

心地の好い低い声で優しく言われ、ルイーザは感極まって目に涙が滲むのを感じた。

（愛とか恋とかまだわからないけど、この人と結婚できてよかった……）

普通とは違うけれど、ルイーザにとって心に残る初夜となった。

しかし、初夜の翌朝、トレバーはやけに芝居がかった言動で幼すぎる妻を礼賛《らいさん》する残念な人物になっていた。

夢見がちな年頃のルイーザががっかりしたのは、致し方ないことだろう。それでもルイーザは、トレバーの残念な言動は政略結婚であることを隠し、自分や家族を守るための芝居なのだと思っていた。

だが、それにしたって度が過ぎた。

結婚してから程なくして、他国に赴任することになったトレバーと旅路につくことになったのだが、持ち物はできるだけ減らしたほうがいいはずなのに、毎日レースやフリルたっぷりのかさばるドレスを新しく用意する。

旅の途中でも赴任国に到着してからも、ルイーザ用の衣服やアクセサリーを買い漁る。

そうして少女趣味丸出しで着飾らせたルイーザを、会う人会う人にこうして紹介して回るのだ。

——愛しの我が妻です。

そうした奇行が続けば、社交界に出ておらず交友関係もろくにないルイーザの耳にも、トレバーの噂が耳に入ってくる。

——いくら女性に言い寄られても相手にしないと思ったら、まさかロリコンだったとは。

(ロリコンって何？)

聞きかじったことのある言葉だし、少女が好きな人という程度には意味も理解している。

でも、聞こえてくる噂話からは侮蔑《ぶべつ》や嘲笑が感じられて、ルイーザはきちんと意味を把握する必要性を感じた。

結婚からひと月後。トレバーの同僚で友人らしき外交官デイル・スウィーニと会う機会があり、ルイーザはこっそり彼に尋ねた。

——ロリコンについて知りたいって？　ロリコンとは、十代前半から成人直前までの少女にしか恋愛感情を抱けない性的嗜好を指した言葉だよ。つまり僕やトレバーのことだね。

——要するに変態ということですね？

——そんな身も蓋もない言い方！　その通りではあるけど、他の変態と一緒くたにしてほしくないというか……。

デイルはぶつくさ話を続けていたが、考え事で忙しくなったルイーザの耳には入らなかった。

(トレバーの言動はお芝居であって、決してロリコンなんかじゃないわ)

このときはまだ、ルイーザはそう信じて疑わなかった。

ただただ善意でルイーザたち一家を助けてくれた恩人をロリコン疑惑などというスキャンダルにまみれさせ、数々の輝かしい功績に瑕《きず》を付けるわけにはいかない。

そんな使命感に燃え、ルイーザはトレバーに提案した。ルイーザの実家がお金に困っていて、トレバーは援助をする見返りにルイーザを受け取っただけということにしないかと。

しかし、トレバーは断固として反対した。

——お義父さんは上手に領地を管理していてお金に困っていないのに、そんな噂を立ててお義父さんの評判を落としたくない。

——あなたの評判が落ちるのはいいの？　そんなの良くないわ。一家を救ってもらったのだから、父もその程度評判が落ちるくらい気にせず受け入れるはずよ？

——それでもダメ。君を妻にできて喜んでいるのは本当のことだから。

そこまではっきり言われれば、「もしかして本当にロリコンなの？」と疑う気持ちも芽生えてくる。

ルイーザの心配をよそに、相変わらずトレバーは可愛らしいドレスを大量に購入してはルイーザに着せて自宅に招いた客に見せたり、外出先では雑貨屋などを見付けると入りたがる。そうしてルイーザが真っ青になって必死に止めるくらい少女趣味な雑貨を買い漁ったり、帽子やパラソルを特注したりする。

それればかりか、トレバーは他人からルイーザについて問われると、自慢したかったんだと言わんばかりの満面の笑みで「愛しの我が妻です」と答える。

こんなことをして、よく外交任務に支障をきたさないものだ。

滞在先が三か国目になる頃には、ルイーザも開き直っていた。ルイーザを妻と呼んで悦に入るトレバーに冷ややかな視線を送るか無視するかして無関係を装い、彼の行きすぎた言動を注意し、無駄な買い物をするトレバーを頭ごなしに叱りつける。

最早《もはや》恩人がどうとかいう話はどこへやら。妻の尻に敷かれる夫と、夫を尻に敷く妻といない。


う関係に成り果てていた。ルイーザとて親子ほども年の離れた夫を尻に敷きたくなどないのだが、トレバーがルイーザに注意されたり叱られたりしても喜ぶものだから始末に負えない。

ともかく、ルイーザを妻にして、トレバーはハッピーなのか。

トレバーにもメリットがあったことがわかって、ルイーザは遠慮しなくなった。

ルイーザを着飾らせるのは女の子の着せ替えごっこと同じと判断し、ルイーザは妻としてではなくお人形として求められたのだと思うようにした。そして子供を作るという貴族の妻の務めのことをすっかり忘れた。

そうして現在に至る。


ダウリング王国、ある侯爵家の夜会にて。

ルイーザを囲む貴族夫人の一人が大仰《おおぎょう》に嘆いた。

「本当に急なことで残念だわ。もう少し早くわかっていれば、お別れ会を開いてあげられたのに」

「申し訳ありません。なんでも急ぎ帰国しなくてはならない用事があるとかで、五日後に出発すると今朝になって夫から聞いたんです」

ルイーザはしおらしく謝る。

今宵の装いは薄藍《うすあい》の生地の所々に宝石があしらわれた、レースもフリルも少ない上品なドレスだ。十七歳にもなって少女趣味なドレスを着せられ続けることにならなくて良かったと、ルイーザは心底ほっとしている。

結婚してもう六年。成長期を経てルイーザは変貌を遂げていた。

くすんだ赤のもじゃもじゃ髪は、メイドたちの念入りな手入れのおかげで縮《ちぢ》れが収まり、細かなウェーブのかかったワインレッドの髪になった。

鼻が低いのは相変わらずだが、鼻筋の通った形の良い鼻に育った。下膨れぎみだった頬は細くなり、女性らしい柔らかなラインを描きながらも決して太っているようには見えない。

がりがりだった手足にはほど良く肉がつき、かつてトレバーが言っていたように細くしなやかな形になった。ただ、胴体のほうは少々発育が悪く、特に胸元が寂しいことが悩みの種だが。

ダウリング王国でも成人年齢は十八歳なので、本来であればルイーザは社交界に出られない。が、これまでの実績があるため特例で招待されている。

社交界に出るようになったのは十五歳から。当時の夫の赴任国で、その国の貴族令嬢に絡まれたのがきっかけだった。

外交官の夫を持つルイーザには、社交界に出ずとも個人的な食事会などに招待される機会がたびたびあった。

その日も、夫と一緒にお呼ばれした貴族の屋敷で、その家の令嬢が「年が近いほうがルイーザ様も楽しいんじゃないかしら？」と自身が開いているお茶会にルイーザを誘った。

トレバーが席を外している最中に招待主の妻から「それはいいわ！　是非そうなさって」と言われれば、断るのは難しい。令嬢の笑ってない目に嫌な予感を覚えながらもついていけば、色とりどりの花で飾られた可愛らしい小庭に、可愛らしくない目つきをした社交界デビューしたてと思われる令嬢たちが集まっていた。

令嬢たちは口々に、ルイーザを遠回しにこき下ろした。要約すれば、男爵の娘で見栄えのしない、しかも政略的な価値もないルイーザは、侯爵家嫡男で美貌の敏腕外交官であるトレバーに相応しくない――である。ついでに、年齢的にも自分たちのほうが相応しい、未成年の小娘はトレバーの足を引っ張るだけだ、とのこと。

身分と金と美貌さえあれば、トレバーの残念な言動については見て見ぬふりをされるものらしい。

夫の性癖からしたらあなたたちは眼中にないと教えてやろうか――と頭の中ではキレていたけど、それをしたら夫の評判を落とすことになり、彼女たちが言った通りトレバーの足を引っ張ることになる。

なのでルイーザは、自己紹介もなかったこの場にいる令嬢たち全員の名前を言い当てた。

未成年ながらも、ルイーザにも外交官の妻という自覚はある。自分の言動が夫、ひいては祖国に不利益を招かないよう、赴任先の国の知識は常に頭に叩き込んでいる。

その国の言葉、歴史、文化。マナーやタブー。力のある、あるいはルイーザが会う可能性のある王侯貴族の名前や特徴など。ルイーザに語学センスがあり、暗記が得意なことが幸いした。

今回にしても、招待主の他に接触してくる可能性のある令嬢のリストを家令《かれい》のフレッチャーが渡してきたので、それを丸暗記してきただけだ。

令嬢たちには、ルイーザに名前を知られることさえなければ告げ口のしようがないはずという算段があったようで、名前を言い当てられた途端青ざめて口をつぐんだ。

このときの顚末《てんまつ》を使用人からの報告で知った招待主夫妻は、後日ルイーザとトレバーに謝罪した。そのことが王侯貴族の間で広まってしまい、国王夫妻がルイーザに会いたいと発言したことで、ルイーザは未成年ながら特別に社交界への出入りを許されることとなった。

すると次に行った国でも、ルイーザは当たり前のように社交の催しに招待された。以降、どの国に行っても成人の既婚女性と変わらぬ扱いを受けてきた。

それどころか未成年ながらも社交界に出て夫を支えるルイーザは、既婚の男女、特に年配の女性に人気があった。

「ウチの孫にヴェレカー子爵夫人の爪の垢を煎じて飲ませたいくらいだわ。甘やかされて育ったせいか、子爵夫人と比べて全然出来がよくなくて」

「ウチもだわ。ウチの孫息子は人の名前と顔を覚えられなくて、いつも大目玉を食らっているの」

ルイーザは、笑顔が引きつりそうになるのを必死にこらえた。

得手不得手《えてふえて》、伸びる才能は人それぞれと物申したいところだが、それよりも問題なのは、公の場で夫人たちが自身の孫を貶《けな》してしまっていることだ。

社交界は風通しがいい。何気ない雑談のつもりで口にしていたとしても、それが人の口を介して話題にされていた本人の耳に入る。他人の口から聞かされた悪口ほど、本人の心に深く突き刺さるものだ。それが身内の口から出たのであればなおさら。

以前招かれたある国の夜会で、差し出口とは思いつつも提案したことがある。「わたしは褒められて成長しました。ご令孫も褒めて差し上げるとよろしいのではないでしょうか？」と。

そうしたら「孫に褒めるところなんてない」という話になり、孫自慢ならぬ孫卑下《ひげ》大会になってしまった。それが大きな話題となり、本人たちの耳に入ってルイーザが恨まれることとなった。

その経験により、ルイーザはこの手の話題では口を閉じることにしている。それが最も被害を広げない方法だとわかったからだ。

加えて年配の女性たちは、とかくルイーザを近い年齢の女性たちの輪に入れようとする。

「あ、あそこに孫娘とお友達が集まっているわ。年寄りの相手ばかりじゃヴェレカー子爵夫人もつまらないでしょう？　あの子たちを呼んであげるわ」

一点の曇りもない親切心で言われてしまっては、断る術などない。

呼ばれた孫娘とその友人とやらは、社交界デビューしたての若い女性たちだった。年配の女性らに頼まれて、にこやかにルイーザを輪の中へ入れてくれる。けれど年配の女性たちが離れていくと一転、冷ややかな視線と声を浴びせてきた。

「相変わらずおばあ様方に媚びるのが上手ですこと」

「おばあ様方だけじゃないわ。おじい様方にもおじ様方にも上手く取り入ってらっしゃるじゃない」

「さすが十一歳で二十四歳年上の男性を射止められただけのことはあるわね」

他の国でも散々聞かされた罵詈雑言《ばりぞうごん》に溜息をつきたくなる。

（こんなこと言ってくる人たちと、どうやって仲良くすればいいのよ？）

ルイーザは心の中で悪態をつく。それで少しすっきりしたルイーザは、にっこり笑って言った。

「ごめんなさい。不勉強なもので、皆様が何を仰ったのかよくわかりませんでした。〝ゴビル〟？　〝トリイル〟？　どういう意味か教えてくださいますか？」

意味がわかりませんと空とぼけるのが、この状況下での最善だ。相手はルイーザにも知らない言葉があると思って溜飲を下げておしまいになる。

「語学の天才と聞いていたけれど、たかが知れているわね」

ルイーザは、引き続きにこにこしながら聞き流す。

(言い返して騒ぎを起こすくらいなら、わたしが馬鹿だと思われるほうがマシだもの)

絡んできたうちの一人が、去り際にルイーザに耳打ちした。

「わたしの悪口をおばあ様に吹き込むんじゃないわよ。このメス犬」

(ははは……)

ルイーザは心の中で空笑いした。メス犬については置いておくことにして、今の令嬢もルイーザと比較され貶《おとし》められた一人か。ルイーザが謝ることではないけれど、罪悪感は拭えない。

本音を言えば、ルイーザ自身はそれほど優秀じゃないと思っている。暗記が得意で年齢の割に社交に慣れているというだけで、大人であればルイーザより上手く社交界を渡っている女性はいくらでもいる。

ルイーザは社交界に入る前から外交官夫人として大人の振る舞いを必要としてきたことからして、社交界デビューしたばかりの未婚の令嬢とは立場そのものが違う。

だというのにルイーザと比べられてしまっては、一人前の大人と比べられるのも同然。彼らが理不尽に思うのも致し方がない。

一人きりになったルイーザは、予定より少し早いけれど、別行動で帰国の挨拶回りをしているトレバーたちと合流しようと辺りを見回した。すると、運の悪いことに会いたくない人と会ってしまった。

「ヴェレカー子爵夫人、こんばんは」

気取った笑みを浮かべて近付いてくるのは、クインシー・エイモスという、若いダウリング王国の貴族男性だ。父親が有力貴族の一人、スタマンビー侯爵で、未婚で顔立ちも整っていることから、一部の令嬢たちに人気がある。だが、ルイーザは彼のことが嫌いだった。

「近々帰国なさるそうで。残念です」

エイモスは、真っ赤な液体の入ったグラスを差し出してきた。中身は赤ワインだろう。親しい間柄であれば「ありがとう」と言って受け取るくらいはするが、この男はある日突然誰からの紹介もなしに話しかけてきて、以来トレバーが居ないときに限って付きまとってくる。その際向けられる視線が気持ち悪くて、ルイーザは距離を置く努力をしている。今回も上辺だけの笑みを浮かべ、夫から伝授されている言葉を口にした。

「ごめんなさい。わたくしは夫に手渡された飲み物しか飲んではいけないと言いつけられているんです。未成年ですから皆様気遣ってくださいますけど、酒精《しゅせい》が入っていると気付かずにわたくしに渡してしまわれる方がいらっしゃるかもしれませんから」

自国でもこの国でも未成年の飲酒が禁じられているわけではないから、これは単なる断り文句だ。よほど察しが悪くなければ「あなたのことは信用できないから受け取れません」と言われていると理解するのだけれど。

「あと二か月もすれば成人でしょう？　ちょっとくらいならご夫君《ふくん》も許してくれますよ。──どうせ、言いつけなんて守っていないんでしょう？」

「どういう意味です？」

揶揄《やゆ》されたのを感じ取り、ルイーザはエイモスを睨み付ける。が、エイモスは嘲《あざけ》りの笑みを浮かべて言った。

「この間見ましたよ。年嵩《としかさ》の男性からワインを受け取っているところ」

「！　あれは相手の方の顔を立てるためです！　わたくしだけグラスを持っていなかったので、善意で勧めてくださったんです。一口も口はつけていませんわ」

既婚の男女がパートナー以外の異性に酒を渡すのは浮気しませんかと誘っているサイン、それを受け取って飲む行為はそれに同意したというサインだと受け取られることがあるのは知っている。

あのときは複数の夫人がいる中でルイーザだけが飲み物を持っていなかった。仲間外れは可哀想だと思い子供に飲み物を与えるような気安さで差し出されたワインを、どうして受け取らずにいられようか。

思いやりのやりとりでさえ、暗黙のサインとして曲解されいやらしいものだと受け取られてしまう。だから貴族社会の勿体付けた遠回しなコミュニケーションは嫌いだ。

憤るルイーザに、面白がるように唇の端を上げたエイモスがワインの入ったグラスを押し付けてくる。

「だったら私の善意も受け取ってくださいよ。——前々から気になっていたんです。夫人がどんなテクニックをお持ちなのか」

後半、エイモスはルイーザに顔をぐっと近付け囁《ささや》いた。

ルイーザは総毛立《そうけだ》った。

エイモスの目的はなんとなく察していたが、ここまであからさまに言われたのは初めてだった。

聞かなくてもわかるが、そうと気付かれれば相手を付け上がらせることになる。

ルイーザは数歩下がって距離を取り、エイモスを睨んで声を上げた。

「テクニックってなんですか!?　訳のわからないことを言ってグラスを押し付けないでください！　あなたのしていることのどこが善意だというのです！」

声を荒らげれば周囲の注目が集まる。だが、エイモスの父親を恐れてか、人々はこちらを見て囁き合うだけで誰も助けてくれそうにない。それをいいことに、エイモスの態度は大きくなる。

「そんなに騒いでいいのかい？　目立って困るのはルイーザ、君のほうだと思うけれど？」

ルイーザは顔をしかめた。

「わたくしのことはヴェレカー子爵夫人と呼んでください。あなたに名前を呼ぶことを許可した覚えはありません。それと言いがかりはよしてください。目立つのは本意ではありませんけれど、わたくしに後ろ暗いところがあるような言われ方をしては黙っているわけにいかないのです」

ここで大人しくしたら、エイモスの言い分を認めたことになってしまう。

「何を根拠にそのようなことを言うのです？　この場ではっきりさせていただきたいわ」

こうなったらとことん戦って勝ちを得るしかない。

姿勢を正して応戦準備を整えたルイーザに、エイモスはにやにやと勝ち誇った笑みを浮かべて言い放った。

「十一歳という若さで敏腕外交官として名高い侯爵家嫡男を骨抜きにし、そのテクニックを使って我が国の男性貴族も誑《たぶら》かしているという事実だよ！」

あたかも本当のことであるかのように大ぼらを吹かれ、ルイーザの怒りは心頭に発した。

「何を言うの！　そんな事実はありません！　事実だと言うなら証拠を持ってきなさい、証拠を！」

ルイーザの剣幕にエイモスは怯んだが、自分より年下の、それも未成年の少女に気圧されるなんて矜持が許さなかったのだろう。引きつりながらも笑みを作って言い返してくる。

「ムキになって否定するところが証拠なんじゃないかな？」

「わたくしが夫を骨抜きにしたなんて、あなたの勝手な想像でしょう？　その想像が恥ずかしいものであるのなら、そういう想像を膨らませられるあなたご自身が恥ずかしい人ということになりませんか？」

いつの間にか遠巻きにしていた貴族たちの間から「なるほど確かに」という声とルイーザの発言に同意するような静かなざわめきが聞こえてくる。

エイモスは顔を真っ赤にしたけれど、すぐに気を取り直して反撃してきた。

「十一歳の少女が二十四歳も年上の男性に嫁いだと聞いて、いやらしい想像をするなというほうが無理というものだ。今でもあまりよくお育ちじゃないご様子なのに、そのお身体でどうやって大人の男性を誑かしたんです？」

周囲のざわめきが大きくなった。それはそのはず、他国の外交官夫人を公衆の面前で辱めたのだから。しかも今は外交で重要な局面にあり、それを主導するティングハスト王国の外交官一行はダウリング王国にとって大事なお客様。ただで済むとは思えないこの状況に、皆はらはらしている。

　当の本人は周囲のざわつきをどのように勘違いしたのか、不躾《ぶしつけ》にルイーザの胸に目を向ける。ルイーザは怖気《おぞけ》が走るのを止められず、両腕で胸を隠しながら身を縮ませた。

「気持ち悪っ！　こっち見ないでくれる？」

　場がしんと静まり返った。皆ぽかんとして言葉を失う。無理のない話だ。気持ち悪いと思っても、それをやんわりとした言葉で包んで相手に伝えるのが社交界のマナーだ。マナーにうるさい年配の貴族たちがこぞって褒めるヴェレカー子爵夫人が直接的に、しかも少々口汚く罵《ののし》ったのだ。そのインパクトは大きい。

　ルイーザを辱めたエイモスでさえ、口をぱかっと開けて目を丸くしている。

（や……やってしまった……）

　とっさに取ってしまった体勢のまま固まっていると、不本意ながらもすっかり耳に馴染んでしまった高笑いが聞こえてきた。

「はーはっはっはっ！　さすがは我が愛しの妻！　実に素晴らしい反撃だ！」

　深みのあるとても良い声なのに、芝居がかった口調のせいで大変残念に聞こえる。

　その声の主は、人垣の向こうにいても見えた。大抵の男性より頭一つ分背が高いためだ。人々の頭の上から顔だけひょっこり出した男性が「ちょおっと失礼！」「やあやあありがとう！」などと言いながら、道を譲られ近付いてくる。そしてルイーザの隣まで来ると並んで立って、男性の平均よりやや背の低いエイモスを見下ろした。

結婚当初から変わらない。滑らかなシルバーブロンドの髪を持ち、前髪に少し隠れる眼窩にはラピスラズリのように煌めく瞳。顎が細くシャープな顔立ち。すらりと均整の取れた身体に漆黒の夜会服がよく似合う。いや少しだけ、目頭など少々小皺が見て取れるところだけは変化があるか。

ルイーザを庇うように立ったその男性は、不躾に相手を見下ろしながらも陽気に自己紹介した。

「ティングハスト王国の敏腕外交官トレバー・カニングだ。侯爵家嫡男で儀礼称号としてヴェレカー子爵を名乗っている。さて君は誰だい？」

「ぼ……僕は……」

トレバーには盾突くつもりがなかったのか、それとも早口で自己紹介されて反応できなかったのか、エイモスは視線を泳がせて口籠もる。トレバーはすぐにまた話し出した。

「ああいや名乗らなくてもいいよ！　必要なのは君が君であるとわかる呼び名であり私は君の名前を覚えるつもりがないからね。そうだ君のことは【気持ち悪】君と呼ぼう！」

「は？」

あっけにとられたエイモスの声に、いくつもの噴き出す声が重なる。

「どうだい？　わかりやすい良い愛称だと思わないか？　【気持ち悪】君！」

トレバーが高らかに呼ぶと、今度は周りからどっと笑い声が起こった。

エイモスは顔を真っ赤にして怒った。

「ふざけるな！」

「おや？　お気に召さなかったかい？　これは失礼、略しすぎたのがいけなかったようだ。ちゃんと呼んであげよう――【視線が気持ち悪い無礼な男】君」

トレバーが凄みを利かせて呼ぶと、エイモスは「ひっ」と無様な声を上げてたじろいだ。

ルイーザの凄みは利かなかったのに、ふざけた態度のトレバーの凄みは利いた。そのことにルイーザは釈然としない。

とにもかくにもエイモスを黙らせたトレバーは、いつの間にか数を増やしていたやじ馬たち相手に、両腕を大きく広げて演説を始めた。

「まああまり長い愛称をいちいち言うのも大変なので【気持ち悪】君で通させてもらおう。さて皆さん！　【気持ち悪】君に夫婦共々侮辱されたことについてはあとで然るべき筋に抗議させてもらうが、彼の主張の一部には一理あると私は思いました。『十一歳の少女が二十四歳も年上の男性に嫁いだと聞いて、いやらしい想像をするなというほうが無理』という言葉です」

（なんてことを話題にするの!?）

焦ったルイーザが袖を引いて止めようとしたが、その程度でトレバーは止まらなかった。

「皆さんは礼儀正しくスルーしてくださいましたが、不運にも耳にしてしまったからには気になりますよね？　ですからここにお集まりの皆さんにだけ、いかにして私が妻に骨抜きにされたのかをお教えしたいと思います！」

嫌な予感がして止めたかったけれど、トレバーはルイーザを背中から抱き込み、口を塞いでしまう。

「んー！」

「妻は恥ずかしがり屋さんなので手短にお伝えします」

(恥ずかしがり屋さんなんてレベルの話!?　話されたら二度とここにいる人たちの前に出られないぃ！)

口を塞ぐ手を必死にどかそうとするが、でっかい手はルイーザの顔の下半分を覆ってしまい、呼吸もままならない。じたばたもがいていると、苦悩に満ちたトレバー劇場が始まった。

「まずこれから先に申し上げておきましょう。私が当時十一歳だった妻との結婚に踏み切ったのは、妻を他の男性に奪われたくなかったからです。あの頃私は外交任務で長期間祖国を離れることが決まっていました。皆さんもご存じのように妻は美しく人柄も良く、しかも優秀です。私が祖国を離れている間に婚約者が決まってしまうかもしれない。『なら婚約だけにしておけば良かったのでは？』そう思う方もいるでしょう。しかし私は外交任務に連れていきたいと欲をかいてしまい、妻と妻の両親にすぐさま結婚したいと頼み込みました。婚約しただけで国外に連れていくのは不誠実と考え、きちんと結婚してからついてきてほしいと妻にお願いしたのです」

ルイーザが美しいとか奪われたくなかったとか、ツッコミどころはいろいろあれど、一番呆れたのはそれ以外の部分の淀みなく語られた嘘だった。もちろん真実は語れない。が、これだけの嘘八百をよく口にできたものだ。そして「手短にお伝えします」と言ったはずなのに長い。めっちゃ長い。

やじ馬から観衆へと早変わりした人々は、首をひねりながらもふんふんと聞き入っている。首をひねりたくなる気持ちはルイーザにもわかる。十一歳の少女に恋する三十五歳の男性の気持ちが理解できないのだろう。

観衆の困惑をよそに、トレバー劇場は続いた。

「妻はずいぶん悩んだようですが、最終的には承諾してくれました。そんな妻を、私は大事にすると決めたのです。――ここまで話せばもうおわかりでしょう！　妻と私は――んぐっ」

小さな掌底《しょうてい》に顎を打ち上げられ、トレバーはくぐもった声を上げる。

すんでのところで暴露を阻止したルイーザは、思わぬ攻撃にトレバーが気を取られた隙に彼の手から逃れ、手の届かない距離まで離れて振り返った。

「何バラそうとしたのよ!?　もう知らないっ！」

言うだけ言ったルイーザは、人の間を縫ってその場から駆け去る。

「妻はあのように初心なのです。貴族の恋愛遊戯なんてとてもとても。若くして結婚した妻はその方面に長けていると誤解している人がいるようですが、そういう目的で妻に近付く人間に対し私は容赦しないのでそのつもりで。――ルイーザ！　愛しの我が妻よ！　待ってくれ！　私を置いていかないで～！」

背後でトレバー劇場が続いていたようだが、恥ずかしくてそれどころじゃなかったルイーザは、一目散に夜会会場を飛び出していた。

会場を飛び出した勢いのまま正面玄関まで来たルイーザは、迎えの馬車がすでに玄関に横付けされているのを見て不機嫌になった。眉間に皺を寄せ、従僕の手を借りながらかさばるスカートを捌《さば》いて乗り込めば、先に乗り込んでいた同行者がたくさんのランプが吊るされた明るい車内で、分厚い書物を読んでいる姿が目に入る。

「……フレデリック殿下。馬車を呼んでおいてくださるより、トレバーを止めていただきたかったです」

ティングハスト王国フレデリック第三王子は、柔らかそうな金色の髪、青色の瞳に太めの眉、通った鼻筋、薄い唇をした天使のような美しい容貌をした少年だ。三年前までは今よりずっと小さかったけど、あるときを境に急激に身長が伸び、ひょろひょろだった身体は筋肉がついてしっかりしてきた。

ルイーザの一つ年下の十六歳ながら、外交官として第一線で活躍している。表向きトレバーを師と仰いでいるが、実際は人並外れた才覚を持ち、その彼の指示でトレバーが動いているというのは、ルイーザに隠し事をするのに耐えられなくなったトレバーの言。

あんなことがあった後なので、すぐ帰れるよう馬車を呼んでおいてくれたのはありがたい。でもトレバーと一緒にいたはずのフレデリックがそうしたのは、あの騒ぎに気付いていて、なおかつトレバーのあの奇行が予測できていたということ。ならば止めることもできただろうにと、ルイーザは恨めしくなる。

フレデリックは書物を捲りながらしれっと答えた。

「私が出ていったら外交問題一直線じゃないか。面倒くさい」

「それはまあ、そうですけど……」

ルイーザやトレバーのような一貴族ならまだしも、王子が介入するのならむしろ外交問題にしなければ祖国がナメられてしまう。

向かいの席の窓際に座ると、ルイーザはフレデリックに尋ねた。

「でもトレバーは『然るべき筋に抗議させてもらう』とか言ってましたけど？」

（外交官の抗議も外交問題だと思うんだけど、それはいいの？）

フレデリックは書物からちらりと目を上げ、それから溜息をついてすぐまた視線を落とす。

「そういうことはトレバーに聞いてくれ。おまえと話し込んだと気付いたらあいつが鬱陶《うっとう》しくなる」

うんざりした言い草に、ルイーザは引きつった笑みを浮かべる。

ルイーザとフレデリックが一緒にいると、トレバーは何故か後で根掘り葉掘り何を話したか尋ねてくる。他愛のない話をしただけだと言っても納得してくれない。納得できるまで何日もねちっこく聞かれる。どうやらフレデリックにも似たようなことをしていたようだ。

「はい、そうします」

「一つだけ。ああいう輩に絡まれたら、すぐトレバーに報告してくれ。そうすれば今回みたいな騒ぎが起きる前に、トレバーが裏から手を回して相手を穏便に社交界から抹殺するだろう」

穏便と抹殺。合わせる言葉が間違っている。にしても、できるだけルイーザと関わるまいとするその姿勢。普段はルイーザと距離を置き、他人がいなければ挨拶どころか無視までする。よほどトレバーに困らされたと見える。

（トレバーの追及を回避したいという点だけでいえば、殿下とわたしは同志だわ）

一人納得してうんうん頷いていると、さっきまでまともに見ようとしてこなかったフレデリックが、胡乱《うろん》げな目をルイーザに向けてきた。

「おまえ、トレバーが嫉妬してる理由をわかってるのか？」

「は？　嫉妬ですか？」

思ってもみなかったことを言われて目を瞬かせると、フレデリックは目を逸らしてまたもや呆れたような溜息をついた。

「そこからか……」

「『そこから』ってどういう意味でしょうか？」

そのとき、遠くから「ルイーザ～！」という情けない声が聞こえてきて、ルイーザは慌てて窓の外に目をやった。フレデリックも書物に視線を落とし、文字を追い始める。

完全にお互いを無視している状況が出来上がったところで、開け放したままだった入り口からトレバーが飛び込んできた。そして、素早い動きでルイーザの隣に座る。

「ごめんねルイーザ。あの場ではああ言うしかなかったんだ。ほら、人は隠されれば隠されるほど知りたがるものだろう？」

フレデリックが従僕に合図して扉が閉められ、馬車がゆっくりと動き出す。

馬車を呼んでもらったことといい、身分が高い人に雑事をさせてしまってルイーザは恐縮しきりなのに、トレバーはフレデリックなどまったく眼中に入れず弁解を続ける。

「逆に好奇心が満たされれば興味が失われる。だから彼らの好奇心を満たしてやることが必要だったんだ」

ありがたいことに、フレデリックもこちらをまったく気にする様子はなく、書物を読み続けている。この揺れの中で酔わないだろうかといつも心配になるけれど、具合が悪くなったところは見たことがないので大丈夫なのだろう。

そんなわけでフレデリックに遠慮なく、ルイーザはトレバーに言い返した。

「だからって夫婦の秘密まで話そうとする!? あそこまで話したら暴露したも同然じゃない！　もうあそこにいた人たちと顔を合わせられないわ！　――って、何してるのよ？」

自身の胸の前で両手を組み、陶酔したように宙を見上げるトレバーに、ルイーザは不審の目を向ける。そんな目で見られていることに気付いていないようで、トレバーはうっとりと呟いた。

「『夫婦の秘密』……いい響きだ……」

「それのどこがいい響きなのよ？」

ルイーザが呆れて聞けば、トレバーは眩しそうに目を細め、温かな笑みをルイーザに向けた。

「だって、ルイーザが私たちのことを夫婦だって認めるの、珍しいじゃないか。しかも私たちだけの秘密って、その特別感がなんともたまらないよね」

トレバーの笑顔に当てられて、ルイーザはぼっと赤くなる。それを隠そうとそっぽを向いて、つっけんどんに反論した。

「人様の前ではいつも『夫』って呼んでるじゃない。それに、あ、あんなことは誰だって秘密にするでしょ？　どこも特別なことじゃないわ」

「そうかもしれないけれど、私にとっては君との間に秘密を持てたこと自体特別なんだ」

けっこう辛辣《しんらつ》だったと思うのに甘ったるい返事が来て、ルイーザは赤くなった顔を更にかっと火照らせた。

「そういうこと言うのやめてよ！」

両耳を手のひらで塞いで羞恥に耐えようとしたそのとき、忍耐の糸が切れたらしいフレデリックが皺を寄せた眉間に指先を当てる。

「そこの馬鹿夫婦。私の前でいちゃつくのはやめてくれないか？」

その言葉に、ルイーザとトレバーは素早く反応する。

「いちゃついてなんかいません！」

「馬鹿はヒドいですよ。いちゃついていたと仰るなら、せめてラブラブ夫婦とか」

「今の会話のどこがラブラブしてたのよ!?」

認識の齟齬《そご》を巡って言い争いが始まる。

「……余計うるさくなった」

うんざりしたフレデリックの呟きは、騒ぎに紛れて二人の耳には届かなかった。

ダウリング王国から滞在中の住まいとして提供されている屋敷に帰り着くと、フレデリックは真っ先に馬車から降りた。

「付き合ってられない。私は先に行くから、好きなだけ夫婦喧嘩しててたら？」

出迎えた専属の秘書に馬車の中の書物を部屋へ運ぶよう命じ、フレデリックはすたすたと屋敷の中へ入っていく。

一方ルイーザは、かさばるスカートのせいで足止めを食らっていた。スカートは華やかに見せるために幾重にも布を重ねたりいくつものレースやリボンなどの装飾をつけたりするし、中にはスカートを膨らませるためにフリルがたっぷり使われたペチコートを着けている。それらは重たい上に足元を見づらくする。おまけに歩きづらいヒールの高い靴を履いていれば走ることはできないし、歩くのも慎重にならざるを得ない。特に段差は、他人の手を借りなければ、怖くて上り下りできない。

「これが大問題なのよね……」

ステップを踏んで馬車から降りながら、ルイーザは溜息まじりに言う。

ルイーザに手を貸しているトレバーが、首を傾げて聞いてきた。

「どうしたんだい？」

「外交官の妻は狙われやすいから常々気を付けるようにってトレバーも言ってたじゃない？　でも夜会用のドレスじゃ走れないどころか、段差も一人で満足に上り下りできないわ。せっかく毎日のように走り込みして体力をつけていても、何かあったときに逃げられないと思って」

気を付けるようにと言われて逃走を選択肢に入れてしまうのは、ルイーザが実家の男爵領で領地の子供たちとのびのび遊んだ経験があるゆえか。

トレバーは困ったように微笑んで訂正した。

「私が言った『気を付けるように』というのは、居住スペース以外では一人にならない、信用できない人と行動をともにしない、私とフレッチャーに伝えた予定を無断で変更しないという意味だったんだけどね？」

トレバーが話を終えたタイミングで、家令のフレッチャーが話しかけてきた。

「お帰りなさいませ。旦那様、奥様」

フレッチャーは諸国を回るトレバーとルイーザに同行して、家令の役割を担っている。数十人の使用人を束ね、各国の仮住まいを二人の好みに合わせて調え、二人が必要とするあらゆるものを、こちらから言わずともあらかじめ用意してくれている。ロマンスグレーの髪を七三に分けた、老年に差し掛かるくらいの年齢のナイスミドルだ。

ナイスミドル――素敵な中年男性といえば。

ルイーザはちらりと傍らの人を見る。

(この人もナイスミドルよね……)

フレッチャーより十かそこら年下だが、トレバーももう四十二歳。立派な中年男性だ。だが髪の色も含め容色衰える気配はなく、三十代と言っても通用するだろう。

それはともかく、ルイーザはフレッチャーに挨拶を返すと、話を再開した。

「それはわかっているけど、不測の事態っていうのはいつ何時《なんどき》起こるかわからないじゃない？　考えてみれば、拘束具としか思えないドレスを着て夜会に出るって危険だなって思って」

トレバーは諦めて溜息をついた。

「わかった。マナーを損なわない程度であれば君の好きにしていいよ。――フレッチャー、ルイーザのドレスの相談に乗ってやってくれ」

「かしこまりました」

フレッチャーは優雅に一礼し、通り道を空けるよう一歩下がる。トレバーはルイーザに手を貸したまま、ゆっくりと玄関先の短い階段を上がった。

段差はそれで終わりではない。プライベートルームのある三階まで続く。手を借りていても時間がかかる。となると、おしゃべりするのにもってこいなわけで。

「ねえ、『然るべき筋に抗議させてもらう』って言ってたけど、本当に抗議するの？」

「抗議してほしいかい？」

「ううん。面倒なことになりそうだし、あいつにふざけたあだ名をつけて笑い者にしてくれたから、それで十分」

　これは本心だ。あえて尋ねてみたのは、フレデリックがトレバーに聞けと言ったからだ。

（殿下は外交問題にしたくなさそうだったけれど、トレバーはどう考えてる？）

　フレデリックと話をしたのは内緒にしておきたいから、ルイーザが聞けるのはここまでだ。それに、すごく知りたいというわけでもないし。

　そんなことを考えていると、トレバーが穏やかな口調で物騒なことを話し始める。

「抗議はしないけれど、報復はするつもりだよ。ルイーザが嫌な思いをさせられたんだ。ただで済ませるつもりなんかない。ついでに外交上の譲歩も引き出そうと思ってるんだ。すまないけれど、利用させてもらっていいかい？」

　実際すまなそうに付け加えたトレバーに、ルイーザは彼のほうを向いて笑顔で返事する。

「もちろん！　思う存分使って！」

「……ルイーザならそう言ってくれると思った」

　恩を返せるチャンスとばかりに、ルイーザは明るく言った。

「そんな申し訳なさそうな顔することないわ。外交官の妻として役に立てるなら嬉しいもの――って、何そのリアクション」

トレバーが上を向いて目元を片腕で隠すので、ルイーザは怪訝《けげん》な顔になる。

「いや……君があまりに眩しくて」

少しして落ち着いたらしいトレバーは、照れ照れしながらそう答える。

「どうしてそういう反応になるのかわかんないわ」

半目になってそう返すと、トレバーは「そういえば」と何事もなかったかのように話を始めた。

「私が追い付くまでの間、殿下と二人きりだっただろう？　何を話していたんだい？」

ルイーザはぎくっと身体を震わせてしまう。

「え？　別に話なんか……」

「抗議するのかって聞いてきたのは、私に聞けと殿下に言われたからじゃないのかい？　ルイーザの性格上、してほしくないならさっきみたいに聞いてこないで『しないでほしい』とはっきり言うからね」

（嫌だ。パターンを読まれてる）

逃げたいけれど、ここは階段の途中で、しかも重たくてかさばるドレス姿だ。一人で満足に動けない。

危険を匂わせる笑みを浮かべたトレバーが、ずいっと顔を近付けてくる。

「あの、大した話はしてないのよ？」

「『大した話』でなくても知りたいんだ。三階に上がったら、まっすぐリビングルームに行くよ。そこでソファに座ってじっくり聞かせてもらうから」

「……はい」

ルイーザは観念して項垂れた。

＊　＊　＊

翌日、ダウリング王国の外交官から面会を求める連絡があり、午後に訪問があった。

「この度は我が国の者がヴェレカー子爵夫人に対して無礼を働き、誠に申し訳ございません」

腰を折って深く頭を下げた外交官に、ソファに座って脚を組んだトレバーは気だるげに言った。

「その謝罪は国からの？　それとも君個人からの？」

「…………私個人からのです」

沈黙の末しぼり出すように外交官が答えると、トレバーは肩をすくめて言った。

「頭を上げてよ。――何の罪もない君に謝罪させるなんて、誰の指示？」

頭を上げた外交官は、先程までの弱々しさとは打って変わって、しっかりと即答する。

「スタマンビー侯爵です」

トレバーは肘掛に頬杖をつき、盛大な溜息をついた。

「【気持ち悪】君の親に相応しいクズっぷりだね」

外交官は苦笑いを浮かべた。

「由緒正しい家柄ですし、失策らしい失策はしてこなかったので議会での発言力は大きいですが、人柄は良くないですね。今回も、子爵と親しくしている私なら怒りを解くことができるだろうと、一方的にこの役目を負わされたのです。外務の人間を顎で使う真似をされて、外務大臣はおかんむりですよ」

「君は外務大臣がその実力を認める有能な外交官だし、部下を勝手に使われたらそれは怒るよね。よし、貴国とこれまで行ってきた外交交渉を一旦凍結しよう。フレデリック殿下には了承を得ている。『外交官を代理に立てて謝罪してきたスタマンビー侯爵に、ヴェレカー子爵は激怒している。公衆の面前で女性を辱める言動を行った息子といい、そういう不誠実な貴族が闊歩する国と、まともな交渉ができるとは思えないと言っていた』と、外務大臣に内々にお伝えしてくれ」

トレバーが膝を打って提案すれば、外交官は嬉しそうににやりと笑う。

「ヴェレカー子爵は話のわかるお方だからありがたいです。外務大臣も国王陛下に内々に直訴するでしょう。問題を起こした子息だけでなくスタマンビー侯爵にも何らかの措置をしなければ、外交面で我が国は多大な不利を被ることになると」

トレバーもにやりと笑う。

「ええ。昨夜のあの出来事を把握しているなら、私がどれほど妻を愛しているかわかってもらえると思う。この手で報復したいところを、貴国の顔を立てて我慢しているんだ。それ相応の誠意があると期待していいよね？」

話しながら笑顔を荒《すさ》ませていくトレバーを見て、外交官は真っ青になって答えた。

「え……ええ、もちろんです。決して忘れることなく必ず伝えると約束します」

このあと、外交官はあたふたと帰っていった。

＊　＊　＊

応接室の窓の下にこっそりしゃがみ込みながら、ルイーザは心の中で今交わされた会話を自分なりに解釈していた。

（ダウリング王国側がどういう対応に出てくるか、トレバーはほとんど予測できていたんだわ。だから外交交渉の全権を持つ殿下から事前に了承を取り付けておいたし、外務大臣のスタマンビー侯爵への仕返しに協力してその分の見返りも要求した）

敏腕外交官の名に相応しい抜け目のなさ。相手——外務大臣の望みを叶えながら、自分の望み――スタマンビー親子への報復も叶えてしまうのだから。

トレバーはフレデリックとともに、周辺諸国の王侯貴族の間で一目置かれている。過去に締結され今や形骸化している和平条約のやり直しを着々と進めているトレバーたちは、それに追随する諸国にとって良い手本であるのと同時に最高のアドバイザーでもある。彼らのアドバイスを受けて外交交渉に成功し感謝する外交官などが、表立ってはいないが数多く存在することをルイーザは知っている。

自国の貴族がそんな人物を妻共々侮辱したとなれば、対応によっては国としての評価が下がる、すなわち不利益を被ることになりかねない。昨夜のパーティーには外交官が軒並み招待されていたことからして、最早隠蔽は不可能だ。しかし、内々に許しを求めトレバーになかったことにしてもらえれば、周辺諸国も今回の不祥事をなかったこととして処理する。

が、スタマンビー侯爵は対応を誤った。外務大臣は事前に知っていたようだが、何らかの事情で止められなかったのだろう。

二人が内々にと強調したのは、トレバーが外務大臣の狙いを把握し協力するということを、お互いが確認したという合図だ。

他国からの評価を下げたくないダウリング国王は、国賓であるティングハスト第三王子が師と仰ぐ人物を侮辱したことに対して、自ら決断を下したという体《てい》でトレバーが望むだけの処分をスタマンビー侯爵親子に下すだろう。外交交渉の一時凍結は国王への脅しにとどまり、トレバーが帰国しフレデリックが一人で出席する次の会合は予定通り行われる。ダウリング王国の不始末は自国内で解決したことになり、国としての体面を保つことができるわけだ。

ルイーザも、今のトレバーと外交官の短い会話を聞いて状況が理解できるぐらいには政治を勉強しているが、それゆえにルイーザはトレバーの手腕に感心する。それは交渉術や状況を先読みする能力だけじゃない。他国の外交官をして「話がわかる」と言わしめるほどの信頼の厚さ。一方で、ほんのちょっと脅しただけで震え上がらせてしまうだけの恐ろしさも併せ持つ。何をしたら、そんな両極端な評価を受けることになるのか。

(ううん、秘密を暴きたいわけじゃないのよ。トレバーが他国の外交官からもすごく信頼されてるってわかって、自分が褒められたみたいに照れくさくなっちゃうのが問題ってだけで)

ルイーザは自分の鼻の頭を掻いて、気分を落ち着かせようとする。

が、そんな努力をするまでもなく、開いていた窓から声をかけられ、驚いて照れくささなど吹っ飛んだ。

「やっぱりいた。そんなところにずっといたら風邪を引くよ。中へお入り」

真上を向けば、トレバーが優しく微笑んでルイーザを見下ろしていた。お日様の光だけじゃない眩しさに目を細めながら、ルイーザは尋ねた。

「なんでここにいるってわかったの？」

「ルイーザは責任感が強いからね。自分が関係しているのに知らんぷりはできないと思ったのさ」

（責任感なんてお偉い理由じゃないわ。ただ単に、トレバーがどんなふうに話を運ぶのか興味があっただけで……）

　流れるような会話の中で相手の望みを汲み取り、それを叶えながら自身の要求をも呑ませていくトレバーに興奮していた自分を思い出し、頬がじわりと熱くなる。ルイーザは顔を隠すように下を向いた。

「だから窓が開いてたのね」

　おかげでかろうじて会話が聞き取れた。でもトレバーの思う壺だったと思うと腹が立って、しゃがみ込んだまま動きたくなくなる。膝を抱えた腕の中に顔を埋めると、頭上でがつっという物音がした。気になって顔を上げたその瞬間、目の前に人が落ちてきて、驚いたルイーザは尻もちをついてしまう。

「あっ……ぶないじゃないの……！　年のこと考えてよね！」

　心臓をバクバクさせながら文句を言う。実際は窓から地面まではトレバーの身長と同じくらいで、彼の身体能力であれば全く問題ないのだが、ルイーザはつい憎まれ口を叩いてしまう。

一方のトレバーは平然としたもので、膝をついて着地した体勢から振り返って、悪戯っぽい笑みを見せた。その少年のような笑顔に、ルイーザの胸はどきんと跳ねる。

「まだまだこれくらいのことはできるよ。それより」

トレバーは立ち上がると、ベストを脱いでルイーザの肩に掛ける。ベストから伝わる彼のぬくもりに包まれながら、ルイーザはさっきとは打って変わった、大人な笑みを浮かべるトレバーにどぎまぎした。特に今回のように子供っぽい顔をしたすぐあとに温かく包容力のある微笑みを向けられると、ルイーザはその二つの魅力に翻弄《ほんろう》されて落ち着かない気分になり、どうしたらいいかわからなくなる。

そんなときにルイーザができるのは、逃げの一択だけだった。

すっくと立ち上がり、ベストを脱いでぐいっとトレバーに押し付ける。

「中に戻ればいいんでしょ？　あなたが風邪引くことないわ」

「この程度の寒さで引いたりなんかしないよ」

トレバーは平気そうに言うけれど、冬も近いこの寒空の下でシャツ一枚になった彼を震わせておく趣味はない。でもベストを突き返しただけでは、また着せられては突き返しを繰り返すことになる。ならとっとと室内に入ったほうが話は早い。

玄関に向かってずんずん歩くルイーザの後ろを、トレバーはベストを着直しながらついてきた。

「ねえ、やっぱり怒ってる？」

「『やっぱり』って？」

「譲歩を引き出すために君を使ったこと」

ルイーザはくるりと振り返り、しょんぼりするトレバーの胸に人差し指を突き付けた。

「それは思う存分使ってちょうだいって言ったでしょう？」

「だったら、何を怒ってるの？」

ずばり問われて、ルイーザはうっと言葉を詰まらせる。

怒っているというより機嫌が悪いのだけれど、それは八つ当たりのようなものだ。トレバーが開けておいた窓の下で聞き耳を立てたり、室内に入るつもりはなかったのに自発的に入るよう誘導されたりと、トレバーの思い通りに動いてしまう自分に腹が立っている。

そんなことは言えないので、ルイーザは別の話を口にした。

「そっ、それより、さっきはわざわざ嘘八百を蒸し返す必要なんてなかったんじゃない？」

「〝嘘八百〟？」

トレバーは不思議そうに首を傾げる。本気で忘れてしまっているようだったので、ルイーザは呆れて説明した。

「ほら昨夜の夜会で。先に申し上げておきましょうとか言って、わたしとの結婚に踏み切ったのは、妻を他の男性に奪われたくなかったからとかなんとか……」

途中から恥ずかしくなって言葉をごにょごにょと濁す。そんなルイーザに気付いていないのか、トレバーは「ああ！」と得心した声を上げた。

「嘘じゃない。あれは本当のことだよ」

そんなことあるわけがない。ルイーザは納得いかなくて、抗議するような口調で話し始めた。

「でもわたしたちの結婚は――」

唇に人差し指を当てられる。触れた指先がやけに熱く感じられ、ルイーザはどぎまぎした。

たしかに、不用意に口にすべきではない。誰に聞かれて暴露されるかわかったものじゃないから。他人に聞かれそうなところでは絶対に口にしてはいけないということを失念していた。

ルイーザが口を閉ざしたことを確認したあと、トレバーは楽しげに言う。

「あれこそ口実で、本音は君が嘘八百と言ったほうさ」

ルイーザの頭の中に、何度も思い起こされたあの言葉が蘇る。

――妻を他の男性に奪われたくなかったからです。

ルイーザは階段を上がるのを忘れてぼっと顔を赤らめた。恥ずかしくなってそっぽを向く。

（それほどまでにトレバーはわたしを？　――いやいやいや。おかしいでしょう。三十五歳の男が十一歳の少女に恋愛感情を抱くなんてありえない――こともないか。トレバーはロリコンだった。未成年の少女に恋愛感情を抱く変態）

そのことを思い出し、浮き立っていた気持ちはずんと落ちる。

（わたしが成人したら、この人のわたしへの愛情は消えてしまうのかな……）

その場に立ち尽くしたまま俯くと、トレバーはおろおろし始めた。

「なんで急に落ち込むの？　今の話がそんなに嫌だった？」

（わたしの気も知らないで。ちょっとは困ればいいのよ）

そんな意地悪な気分になるのは、トレバーのことを好きになってしまったからだ。


最初にトレバーに抱いたのは憧れだった。かっこよくて優しい理想の男性に、淡い想いを抱いてどきどきしっぱなしだった。

次に感じたのは失望。大袈裟なリアクションをして少女好きを隠そうとしない、残念な大人になり果ててしまったことへの。軽蔑を隠さないルイーザを、それでもトレバーは愛していると言い、大事にしてくれた。そんな寛大な彼を、どうして嫌いになれようか。

そして、もうすぐ十七歳になるというある日のこと。

夜会に出掛けるため支度を終えて廊下に出たが、いつもならばすぐに自分の部屋から出てきてエスコートしてくれるトレバーが、この日に限って姿を現さなかった。

それで音を立てずに彼の部屋に入り、驚かしてやろうという悪戯心が湧いた。忍び足で扉が開いた入り口に近付き、そろりと中を覗き込む。

その瞬間、ルイーザは自分が何をしようとしていたかを忘れた。

トレバーは丸テーブルに浅く腰掛け、何かの書類に目を通していた。その様子があまりに疲れて見えて、ルイーザの胸を打った。

思い出してみれば、トレバーがゆっくりしているところを見たことがなかった。外交官の務めは多忙で、たまの休みもルイーザを買い物や観光名所巡りなどに誘って、一日中屋敷にいたためしがない。元気が有り余っているのかと思っていたけれど、しょぼしょぼした目で書類を見ている彼を見てそうではないと悟った。

ティングハスト王国の外交の鍵を握る要人の一人であるトレバー。その妻であるルイーザには誘拐などの危険が付きまとうため、用事があるときしか出掛けられない。そんなルイーザのために、トレバーは休日ごとに遊びに連れ出してくれているのだろう。

(無理なんていつまでも続けられるはずがないのに……)

心の中でそう呆れながらも、ルイーザは目頭が熱くなるのを抑えられなかった。

ルイーザの中で、トレバーはロリコンで芝居がかったことをする残念な人でありながらも、完璧な大人というイメージは損なわれていなかった。何事もスマートに処理し、王太子暗殺計画でさえ易々と防いでルイーザ家族を救ってくれた超人的な人。

でも、人である以上、人を超えるなんてことはできない。トレバーだって普通の人なのだと実感した途端、ルイーザの中に感情の奔流《ほんりゅう》が生まれた。

無理してほしくないのに、無理を隠してまで付き合ってくれた優しさが嬉しくて、胸の内が幸せでいっぱいになって。

それで唐突に気付いた。

(わたし、トレバーのことが好きなんだわ)

友情でも家族愛でもなく、恋愛の意味で。

――ルイーザ!?　なんで泣いてるの!?

トレバーの驚いた声を聞いて、ルイーザは慌てて涙を拭った。

――な、なんでもない!

――そんな乱暴に拭わないで。赤くなってしまうよ。

トレバーがハンカチを出して、目元をそっと押さえてくれた。

この優しい人のために何かしてあげたい。ルイーザに何ができるだろう。とりあえず、次の休日は木陰のカウチで一日中昼寝したいと言おうと思った。

だけど、トレバーはロリコンだ。あとふた月ほどで成人するルイーザは、彼の恋愛対象外になってしまう。

今はまだトレバーがルイーザに冷たくなったとか関心を失いつつあるとかいった兆候は見られないけれど、ロリコンの生態をよく知らないルイーザは、ある日突然トレバーが「君のことが好きでなくなった。離婚しよう」と言い出すんじゃないかと恐れている。

(ロリコンだと公言しておきながらどんどん好きにさせるんだから、ヒドいわよ)

「ねえルイーザ？　早く室内に入らないかい？」

声をかけられて我に返ったルイーザは、トレバーと二人、身体が冷え切るまでその場に立ち尽くしていたことに気付いたのだった。

二章

ダウリング王国での住まいを片付けるべく残る家令のフレッチャーと数人の使用人に見送られ、ルイーザたちは護衛やその他の使用人たちと一緒に帰国への途についた。長距離用の馬車や川を行き来する客船を乗り継いで、半月後には祖国ティングハスト王国の首都に到着する。

実家の首都滞在用アパートメントに身を寄せて六日目。ルイーザは自室の窓辺から、夕暮れ色に染まる貴族街を見渡していた。アパートメントの陰にすっかり入った通りにもまだ貴族たちが残っていて、話に花を咲かせている。話題になっている人物は多分ただ一人。

ルイーザの夫トレバー・カニングだ。

トレバーは五日前に国王の寵臣《ちょうしん》の一人である国務大臣の巨額横領を告発し、一躍時の人となった。

記者たちはスキャンダルそのものを調べるのと同時に、トレバーがどのようにして告発に至ったか、そのインタビューを取ることに躍起になっている。そして王都の人々は新聞を買い求めてそれらの情報を手に入れ、それだけでは飽き足らない人々がトレバーを一目見られないかとこの通りに集まってくる。

そんな人々の様子を、窓辺の椅子に腰かけたルイーザは複雑な思いで見下ろしていた。

その理由は、帰路の馬車の中でトレバーから聞いた話にあった。

――フレデリック殿下と他国の王女との縁談が秘密裏に進められていることがわかって、それが公になって断れない状況にされる前に、縁談を主導している国務大臣を失脚させる必要があったんだ。国務大臣ならいつかはやらかしてくれるだろうと思って、横領の証拠は前々から用意してあったから、議会にそれらの書類を提出するだけの楽なお使いだね。

つまり以前から不正に気付いていて、その証拠を集めて保管していたということか。

――証拠が揃ってたんなら、どうしてすぐ告発しなかったの?

――国務大臣が余計なことをしなければ、告発するつもりはなかったんだ。横領されたお金だって、国政に悪影響が出る前に大臣がちょこちょこ返していたしね。

そこまで把握しておいて、意に染まない縁談が持ち上がりそうになるまで放置していたわけか。指示をしたフレデリックも、それに従ったトレバーもイカレている。

思い返して顔をしかめていると、玄関のほうが騒がしくなった。トレバーが帰ってきたのだろう。

結婚してすぐ外国暮らしになったルイーザとトレバーには、決まった家がない。これまで何度か帰国しているけれど、その際はいつも実家が所有するこのアパートメントに滞在させてもらっている。

質素な男爵家には似つかわしくない、個室がいくつもある最上階の部屋。実はこの部屋、トレバーが購入して実家にプレゼントしてくれたものだ。トレバーたちは帰国しても首都に数日滞在するくらいの時間しかない。そこでルイーザが首都滞在中に家族と会えるよう、気軽に使ってもらおうとトレバーが実家の名義に書き換えたのだった。

まあ、両親は目が飛び出るほど高価なアパートメントの部屋を気軽にもらい受けるような性格をしていないので、トレバーから管理を任されているついでに使わせてもらっているという感覚でしかないのだけど。

でも、今回は一時帰国じゃない。この先、トレバーに国外へ赴く任務の予定がまったくないのだ。家族に歓迎されているのは短期間だからで、長期になればお互い気まずくなるはず。トレバーは状況が落ち着いたら改めて話そうと言っていたけれど、こんな状況が落ち着くときは来るのだろうか。

それはひとまず置いておいて。彼を見かければ通りにいる記者や貴族たちが放っておかないだろうに、どうして気付かれずに出入りできるのかが不思議だ。

それを言うと、ここにトレバーの妻の実家があることすら気付かれていないのも不思議なはずだが、それに関してはルイーザも納得している。ルイーザを含め家族は皆平凡な顔をしており、高級アパートメントに住んでいながら外出の際も領地で着ていた質素な服を使い回している。

それらはこの界隈の基準に照らし合わせると使用人のような服装のため、近所の人々からはこの部屋の管理をする使用人一家だと思われているらしい。普通の貴族であれば激怒するか恥じ入るところだが、家族はこれ幸いと、煩《わずら》わしい貴族同士の付き合いを避けているという。かく言うルイーザも、実家では膝下丈の質素なワンピースドレスに膝上までの靴下という格好をしているけれど。

「ルイーザ姉さん！　お義兄さんが帰ってきたよ！　夕食にしようって！」

弟のジョーイの大きな声が廊下から聞こえてきて、ルイーザは物思いから覚める。

「はあい！　今行く！」

ルイーザも大声で返事をして、窓辺の椅子から立ち上がった。

夕食の話題も、専《もっぱ》らトレバーが中心だ。

「今日もお義兄さんの話題でもちきりだったわ！『国庫を我が物にする憎《にっく》き国務大臣を退治した英雄』って！」

興奮して話す妹のエミーに、トレバーは照れくさそうに微笑んで答える。

「ははは。それは大袈裟だなぁ。私はフレデリック殿下の指示に従って、議会に書類を提出しただけだよ」

「またまた謙遜しちゃって！　そんな重要な書類を任されたってことは、第三王子殿下の信頼厚い証拠じゃないか！」

十四歳になるジョーイは、いっぱしの口を利くようになった。トレバーが紹介してくれた家庭教師のおかげだろう。同じ家庭教師から教わっている九歳のエミーも、おしゃまなことを言うようになった。

「お兄ちゃんの言う通りよ！　ケンソンすることないのよお義兄さん！」

「ジョーイとエミーがそう言ってくれるなら、もうちょっと自信を持っちゃおうかな？」

トレバーが顎に親指と人差し指を当ててキメ顔を作るのを見て、家族皆が笑い出す。

当然だけれど、最初からこういう関係が築けたわけじゃない。

両親は見返りもなく家族を救ってくれたトレバー（今もそう思ってるはず）に恐縮して、彼の前では背中を丸めていた。ジョーイは姉《ルイーザ》を外国へ連れ出そうとするトレバーに敵意を隠さず、エミーもジョーイの陰に隠れて警戒した。

それが今のように和気あいあいできるようになったのは、トレバーの努力があってこそだ。

ルイーザが帰国の度に里帰りできるよう配慮してくれたこともさることながら、芝居がかった言動で家族を笑わせたり、父は彼から見て五歳上、母に至っては三歳年上なだけというほぼ同年代という年齢にもかかわらず、義理の両親として敬意を払っていて、自分のことを普通の娘婿《むすめむこ》のように扱ってほしいと折に触れて頼み込んだり、ジョーイたちと遊んだりプレゼントを贈ったりして、今の関係を築き上げた。

夕食を終えるとリビングに移動して、男性陣はトランプで遊び、女性陣はそれを観戦しながらおしゃべりを楽しむ。

そろそろ寝る時間になってトランプ遊びも一区切りついたとき、ジョーイの隣の椅子に座っていたエミーが、ルイーザと並んでソファに座るトレバーに唐突に話しかけた。

「ルイーザお姉ちゃん、トレバーお義兄さん。いつ赤ちゃんを作るの？　わたし、そろそろ二人の赤ちゃん見たいなぁ」

あっけにとられるルイーザの隣で、トレバーは面白いほど狼狽《うろた》えた。

「あっ、赤ちゃん!?　待って！　あ、いやその……」

その様子を見て、父の隣に座っていた母がエミーを叱った。

「これ！　女の子が殿方にそういう話をするもんじゃありません！」

「結婚して六年も経つんだから、そろそろ赤ちゃんがいてもいい頃じゃない。なのでお邪魔虫は退散しまーす。おやすみなさい！」

母の注意を聞き流して早口でそう言うと、エミーは逃げるようにリビングから出ていく。

気まずくなったのか、父が咳払いして言った。

「私たちもそろそろ寝よう」

「えー？　まだ眠くない」

ごねるジョーイから、父はトランプを取り上げる。

「早く寝ないと背が伸びないぞ」

トレバーも父の言葉に同意する。

「そうだよ。フレデリック殿下もなかなか背が伸びなかったんだけど、ちゃんと睡眠を取るようになったら背がぐんぐん伸びて大きくなったんだ」

「え!?　そうなの？　じゃあ寝る！　おやすみなさい！」

年齢の割に背が低いことを気にしているジョーイは、慌てて言いながら立ち上がり、小走りにリビングから出ていく。

父がトランプを片付けようとしているのを見て、トレバーが手のひらを差し出した。

「お義父さん、私が片付けましょう」

「そうかい？　ありがとう」

持っていたトランプをトレバーの手の上に置くと、父はよっこらせと立ち上がった。

「それじゃあお先に失礼するよ。ああ、二人はもうしばらくゆっくりしていくといい」

おやすみの挨拶をして、父と母も出ていく。

二人きりになると、さっきまで賑やかだったリビングはひっそりと静まり返った。

今になって、エミーの言葉を意識してしまう。

――そろそろ二人の赤ちゃん見たいなぁ。

(できるわけないでしょ。赤ちゃんができるようなことしてないもの)

結婚しているのだから、そういうことをしても問題ない。しかも、もうすぐ十八歳の誕生日が来るので、ルイーザも晴れて成人だ。子作りすることに誰憚《だれはばか》ることもない。いや、行為そのものは人目を憚ってするものだが。

問題は――。

ルイーザはちらっと隣に目を向ける。盛大に狼狽えていたはずのトレバーだが、今は落ち着きを取り戻してテーブルの上に残っていたトランプをまとめ、揃えている。こういうところを見ていると、トレバーに子作りするつもりがあるように思えない。

それに、トレバーがロリコンだということにルイーザは引っかかりを覚えている。

「ルイーザ?」

声をかけられ、ルイーザは物思いから覚めた。

「何か考え込んでいたみたいだけど、気になることでも?」

子作りの話もロリコンの話も、恥ずかしがりのルイーザには言えない。なので別の話題を口にする。

「新居を探すって前に言ってたと思うけど、あれはどうなったの？　父様と母様は自分たちはあまり王都に来ないからここに住めばいいって言ってるけど、わたしの家族はあんなでも、それなりに気を遣ってるみたいで……」

「そうだね。私たちに気兼ねして領地に帰ってしまう前に、新居に引っ越すとお伝えしよう。今日の昼間にフレッチャーから連絡があって、条件に合う屋敷に心当たりがあるそうなんだ。近いうちに見学できると思うよ」

ルイーザは不思議に思って尋ねる。

「あなたから条件を付けてるって知らなかったわ。新居に何か希望があるの？」

フレッチャーなら何も言わなくとも良い屋敷を見つけてくるだろうに。

トレバーは左手を胸に当て、右手を大きく掲げて語り始める。

「まず第一に、ルイーザが人目を気にせず走り込みができる広い敷地！　いつでも気軽に乗馬もできるよう馬房《ばぼう》を完備！　君のご家族がいつ泊まりに来てもいいように、彼ら専用の部屋を確保できる大きい家屋！　あとは千人規模の夜会が開ける広い広間と庭園と設備！」

「は？　千人も誰を呼ぶっていうのよ!?」

目を剝いたルイーザに、トレバーは手振りを交じえて大仰に答える。

「もうすぐルイーザの誕生日じゃないか！　君の正式な社交界デビューを華々しく飾りたいんだ」

社交界デビューできるのは、十八歳の誕生日を迎えた日以降だ。ティングハスト王国では誕生日や、誕生日がオフシーズンであれば社交シーズンの初め頃に夜会を開いて、それをデビューの日とする。当人にとって初めての社交界となるその日は、大勢の客を招き極力盛大に夜会を行うことで、祝われる当人がどれほど大事にされているかを周囲に知らしめるものでもある。

ルイーザは今までも社交界に出ていたけれど、あれは特例だったし、初めての催しときたら小さなお茶会で、なおかつ嫌な思い出だったため、あれを社交界デビューとされるのは確かに悲しい。でも、だからといって。

「千人なんて呼びすぎよ！　それに誰が準備をすると思ってるの？」

社交界デビューの準備は、会場となる屋敷の女主人である母親がするのが通例だ。でもルイーザは既婚で、新居に入れば女主人になる。小規模ならまだしも、自分のためのパーティーの準備を自分でするなんて悲しすぎる。

「準備は私がするよ。なんなら、お義母さんに頼んでもいい」

「屋敷の差配を夫にしてもらう妻なんてダメでしょ！　それに母は大規模なパーティーの準備経験なんてないわ！」

（そんな大役を母に任せて、ストレスで殺す気!?）

「じゃあパーティーの手配が得意な人間を雇うよ。ルイーザはどんなパーティーにしたいか、雇った者に言うだけでいい。君の誕生日、それも正式な社交界デビューの日に、祖国で初めて出る社交の場で君に恥をかかせたくない。――誰よりも一番幸せにしたいんだ」

臆面《おくめん》もなく吐き出される告白に、ルイーザはぼっと赤くなる。こういうのを天然というのだろうか？　トレバーは度々、素でこういう言葉を口にするが、いつまで経っても慣れない。

どぎまぎしてどう受け答えしたらいいかわからなくて、ルイーザはつい、いつもの憎まれ口を叩いてしまう。

「わたしの誕生日はもうすぐよ？　あなたまだ忙しいのに、新居で誕生日パーティーなんて無理でしょ」

「国務大臣の件については、私は今日でお役御免にしていただいたよ。私が話せることはすべて話したし、あとは議会の仕事だからね。明日からは外交官の仕事に戻れる。いつものように報告するだけだから、とっとと終わらせてくるよ。そうしたら久しぶりに君とゆっくりできる」

「……とっとと終わらせていいものじゃないでしょうに」

呆れて言えば、トレバーは「あっはっは」といつもの笑い声を上げた。

「さて、と。私たちもそろそろ寝ようか」

その言葉にルイーザは緊張し、身体を強張らせた。それに気付いてない様子で、トレバーはよっこいせと立ち上がる。悔しいが、そんな難儀そうな動作でさえかっこいい。

トレバーは、近くの壁に向かっていき、そこに掛けられていたランプの灯を消した。するとその分、室内が暗くなる。高まる緊張に耐え難くなり、ルイーザは手伝うことでそれらを誤魔化そうとした。

だが、先日仕出かしたことが脳裏に浮かび、思いとどまる。

あれは五日前、実家のアパートメント滞在初日の夜のことだった。

あの夜も家族が気を利かせて先に寝室へ引き揚げ、トレバーが「私たちもそろそろ寝ようか」と言ってランプを一つずつ消し始めた。二人きりになった緊張のせいで数瞬反応が遅れたルイーザは、慌ててランプの一つへ突進する。そのため注意が疎かになってしまい、ルイーザは何かに足をぶつけ転びかけた。

――きゃ……っ！

力強い腕がお腹に回って、ルイーザはしっかり抱き止められた。

安堵の溜息のあとに、耳の後ろで低く心地の好い声がする。

――転ばなくてよかった。どこも痛くない？

その声と、密着するトレバーの大きな身体にのぼせてしまい、足先の痛みなんか気にな

らない。身体を硬直させこくこくと頷いた。それで状況に気付いたのだろう。トレバーは慌てふためき、ルイーザを近くのソファに座らせた。

——うわぁ！　ごっ、ごめん！　暗くなると足元が見えないだろう？　ランプを消すのは私に任せて、君は椅子に座って待ってて。

あの夜の、耳の奥をくすぐるような声の響きや、背中に密着した体温を思い出し、ルイーザの心臓はばくばく早鐘を打ち始めた。きっと顔も赤くなっているだろう。今、ランプの明かりが減って視界が暗くなりつつあるのはありがたい。

トレバーは、壁にかかっていた最後のランプを持つと、ルイーザのところへ戻ってきた。これで室内で灯っているランプは二つ。それを一つずつ持って、各々の部屋に戻ることになる。

立ち上がったルイーザに、トレバーが手を差し出してきた。

「お手をどうぞ」

たったそれだけのことに、ルイーザはびくついてしまう。緊張しすぎだとわかっていても、自分ではどうしようもない。

トレバーは困った笑みを浮かべ、宥《なだ》めるように言った。

「足元が危ないから」

（わたしのアホ！　動揺しすぎでしょ！）

ルイーザは心の中で自分を叱咤《しった》しながら、勢い良く手を重ねる。トレバーはほっとしたように表情を緩め、ルイーザの手をそっと握った。

暗い廊下をランプで照らしながら進み、トレバーはルイーザの部屋まで送ってくれた。

「それじゃおやすみ。良い夢を」

それだけ言って去っていこうとするトレバーに、ルイーザは淋しさを覚える。

「ルイーザ？」

驚いて振り返ったトレバーを見て、ルイーザは彼の上着の裾を摑んでしまっていることに気付いた。慌てて離した手をわたわたと振る。

「これは違っ、そんなんじゃなくてっ」

自分でも訳のわからないことを口走ってしまい、余計に慌てる。

が、トレバーの不可解な行動に動揺は収まった。

「何してるの？」

片手で顔の中央辺りを押さえてそっぽを向いているトレバーに、ルイーザは冷ややかな声をかける。

「……………いや、大丈夫だった」

ややあって返ってきた言葉もまた、不可解なものだった。

「だからなんなのよ？」

答える代わりにトレバーはにこりと笑い、ルイーザの前髪をかき上げたかと思うと、すばやく顔を近付けておでこに軽くキスを落とした。

「なっ……な――っ!?」

「しー。大きな声を立てると皆が起きちゃうよ？」

ルイーザは顔を真っ赤にしながら声を落として文句を言った。

「だっ、だってこんな……っ」

「嫌だった？」

美貌の男性にしゅんとして言われ、ルイーザは悪いことをした気分になる。

そもそもトレバーは夫で、キスが許されない間柄ではない。ルイーザ自身、トレバーにキスされたくないなんて思ってない。それどころか、最近はいつしてくれるのかと期待している自分に気付き、混乱している。

そんなだからルイーザは突然のキスに狼狽えて、つい思ってもないことを叫んでしまう。

「いきなりされれば誰だって嫌でしょ!?」

トレバーは一歩下がってデレた笑みを浮かべる。

「ごめんごめん。それじゃあおやすみ。マイスイートハート、願わくば夢の中でも会いたいね」

「やめてよそういうこと言うの！」

気障《きざ》なセリフに鳥肌を立て、ルイーザはランプを持っていないほうの手を握って振り上げた。トレバーは一歩下がってランプを掲げつつ降参のポーズを取る。

「わかったわかった。おやすみ。良い夢を」

名残惜《なごり》しそうにしつつも、トレバーは背を向けて廊下を歩いていく。トレバーの寝室はこの先にある客室の一つだ。

途中、振り返ったトレバーが笑うのを見て、ルイーザはかちんときてぷいと顔を背け、とっとと部屋に入る。そのくせ自分で閉めた扉に彼との間を隔てられると、淋しくて切ない気持ちになるのだった。

部屋を別々にしようと言ったのはトレバーだった。結婚当初からだ。手を出さないという意思表示だったのだろう。手を繋いだり、頬や額へキスしてきたりはあったけれど、それ以外だと五日前のように転びかけて抱き止められるようなハプニングぐらいだ。最近では、殊更《ことさら》にルイーザとの接触を避けているようにも感じる。

ロリコンゆえに幼いルイーザと結婚したと知ってから、いつかはトレバーの気持ちが離れていってしまうと覚悟していた。だが、いざそのときが近付いてくると、思っていた以上に辛い。

トレバーは、ルイーザと家族を助けてくれた恩人だ。その恩に報いたければ、ルイーザから離婚を申し出るべきなのだろうけど、今はまだ切り出せずにいる。

＊＊＊

借りている客間に戻ったトレバーは、扉にもたれかかって頭を抱えた。

「なんだよあれ。可愛すぎる……！」

無意識に上着を摑み引き留めようとしたルイーザ。自分のしたことの意味がわからずわたわたした様子があまりにも可愛らしくて、つい額にキスをしてしまった。それくらいは許してほしい。本当は唇にしたかったくらいなのだから。

額にキスしたらぽかんとして、それから真っ赤になってどもりながら怒ったルイーザ。想いを込めてマイスイートハートと呼んだら、鳥肌を立てて嚙みついてきた。その様子のなんと愛らしいことか。

罵倒《ばとう》されてめろめろになるなんて、相当イカれてるな。

自分でもそうわかっているのに、想いを止めることができない。あれ以上一緒にいたら一線を越えてしまいそうな気がして、トレバーはそそくさと逃げてしまった。もう少しスマートな態度を取れたら良かったが、そんな余裕はなかった。

だがここで手を出して、嫌われるような愚《ぐ》を犯すつもりはない。

ルイーザを愛するようになってもうすぐ十二年。彼女が六歳のときから恋焦がれ、他の男に奪われる前に夫の座を手に入れてからは、何より大事に慈しんできた。ルイーザの誕生日まであとひと月だ。彼女が大人になるまで手を出さないという密かな誓いを、今更破ったりするものか。

そう。すべては自分を救い、心を愛で満たしてくれたルイーザのために。

トレバーは、幼い頃から他人に奇異の目で見られ続けてきた。話し始めたのも本を読めるようになったのも早すぎたため、初めのうちは将来を嘱望《しょくぼう》されたが、トレバーが五歳になる頃には両親でさえ失望を隠そうとしなくなった。

――本を読めるようになるのが早かったからどれほど優秀な人間に成長するかと思ったが、妙なことばかり言うぼんくらになってしまった。

トレバーは父親が客人と話しているところに行って、二人が抱えている問題について論点そのものが間違っていることを指摘しただけだ。なのに「子供が大人の話に口を挟むな！　出ていけ！」と追い出された。それが四歳の頃のことだった。

それまでも使用人たちに仕事の能率を上げるための方法を教えたり、母が社交界で注目されるよう遠い国で流行っているものを教えたりしたのだが、どれも受け入れてもらえなかった。

家庭教師が教えることも旧態依然《きゅうたいいぜん》な内容で面白みがなく、間違いであると立証された説を恥ずかしげもなく教えてきたときには反論が出てこなくなるまで新説について説いたこともあったが、その後父親に殴られて「家庭教師に口答えするな」と言われた。

そうしているうちに、トレバーは勉強にも身が入らなくなり、一日中居眠りして過ごすようになり、やがてぼんくら者と呼ばれるようになった。

トレバーをぼんくらだと広めたのは父だ。だが、トレバーは侯爵家の一人息子で唯一の跡取り。根性を叩き直してやろうというつもりだったのだろう。父はトレバーを、自身が統括する外務省の、外交事務補佐官に取り立てた。

しかし、親のコネ、ぼんくらという評判から、ろくな仕事が回ってこない。書類の作成や保管といった、功績とは無縁な雑用ばかりが押し付けられていく。

だがトレバーはここにも効率の悪さという問題点を見付け、自分ができる範囲内で改善して作業時間を大幅に短縮した。

事務関連の効率が恐ろしく良くなったと聞き付け視察に来た父は、トレバー一人ですべて行っていると聞くや否や「他人にやらせたことを自分の手柄にするな」と叱りつけた。あとで人伝《ひとづて》に聞いたところによると、父はトレバーが身分を振りかざして人海《じんかい》戦術で仕事を短時間で終わらせ、それを自分の手柄にしているのだろうと身近な人間に言っていたという。

（そこまで信用されていなかったのか）

仕事の速さを見て少しずつトレバーを見直してきていた同僚たちも、父の一言によってトレバーの評価を最低まで下げ、「在籍しているだけで何もしていない言葉通りのぼんくら」とまで言うようになった。

何もしていないと評されるのであれば、何かするだけ無駄というもの。

トレバーは仕事をしなくなった。にもかかわらず、外務大臣の息子という立場のせいか罷免《ひめん》されることはなかった。一度だけ職場を抜け出したところを上司に捕まって仕事をしろと怒られたが、「私は『在籍しているだけで何もしていない言葉通りのぼんくら』なんでしょう？　私が仕事しないからといって何をそんなに慌てる必要があるんです？　私を連れ戻したところで何もしませんよ。何せ『在籍しているだけで何もしていない言葉通りのぼんくら』ですから」と言ったら、二度と追いかけてこなくなった。

トレバーはその頃ある商人と知己《ちき》になり、顧客になりそうな貴族を紹介する代わりに彼の部屋に寝泊まりさせてもらった。それ以来、実家のガスコイン侯爵邸に〝帰った〟ことはない。

顧客としてうま味のある貴族を探すのには、王宮はうってつけだった。また、外交事務補佐官の肩書を失っていなかったため、王宮内にある王立図書館に入りたい放題だった。暇を持て余していたトレバーは、足繁く図書館に通った。それが二十代の頃のことである。

運命の日が訪れたのは、三十歳になった年のことだった。

王宮で開かれた、社交界デビュー前の子女を集めたパーティーでのこと。

トレバーは当然招待客ではなかったし、招待客の付き添いでさえなかった。けれど妙に懐いてくる同僚デイル・スウィーニにせがまれて、彼と一緒に会場に潜り込んだ。

デイル・スウィーニは子爵家の次男で、トレバーが仕事を放棄したあと、その後釜を押し付けられた人物だ。自分の処理能力では到底捌き切れない業務を前にして彼が取った行動は、一人ですべて処理していたという前任者に教えを乞うことだった。少し可哀想にも思ったし、仕事を途中で放り出した罪悪感もあって、トレバーが実践していた処理方法を教えた。以来デイルはトレバーに懐き、勝手に友人と名乗っている。

ともかく、「一人じゃ怖いからついてきて」と言うデイルに、「怖いなら行かなければいいのに」と文句を言いながらも、招待客の付き添いたちに紛れて会場に潜入した。

入ってしまえばこっちのものとばかりに、デイルは十代前半から半ばくらいの少女に手当たり次第話しかけ始めた。親たちが付き添いの役割を忘れ社交に勤しんでいるのをいいことに、名前や趣味、好きなものなどをでれでれしながら聞き出そうとしている。

そんなデイルに、トレバーは軽蔑の眼差しを送った。

(ロリコンか)

この会場に潜り込みたかった理由はわかったが、理解はできなかった。少女に話しかけただけで鼻息を荒くしていて、訳がわからない。説明を求めれば、彼は少女を礼賛し、話すだけで満足する性質で、それ以上のことなどポリシーに反するとのことだったが、それでも理解の範疇を超えていた。

そんなデイルが少女たちに好意的に受け入れられるはずもなかった。彼女らは話しかけられれば気味悪そうな目でデイルを見て、そそくさと逃げていく。そんな少女たちを、デイルは追いかけることも摑んで引き留めることもしなかった。悲愴な顔をして見送ったかと思うと、すぐに気持ちを切り替えて新たなターゲットの物色を始める。

（実際、犯罪に手を染める心配はなさそうだな）

そう判じられるだけの監視を終え、そろそろバックレようと思ったそのときだった。

気弱そうな少女を、両手を広げてデイルから守る、更に小さな少女を目にしたのは。

――姉になんのご用ですか？

――悪いことをするわけじゃない。ただおしゃべりしたいだけなんだ。

デイルはしつこく食い下がる。

なるほど。デイルが話しかけてきた少女の傾向からして、年の頃は十二、三で庇護欲《ひごよく》をそそる気弱な姉のほうは彼の好みにぴったりだ。

対する妹は、十歳未満と思しき小柄さで、きゃんきゃん嚙みついていくあたりはデイルの苦手とするところ。彼はこれまでも狙った少女の側に気の強い友人がいたときは、キツい言葉をぶつけられてすごすごと引き下がっていた。

だが、今度のターゲットはよほど好みだったのか、彼女を守っているのが彼女よりずっと幼い少女であったためか、諦める気配はない。

——悪いことしないって言う人ほど悪いことするのよ。

——ヒドい！　偏見！

——ジョーシキと言ってちょうだい。

頭に血が上りすぎて配慮が足らなかったのだろう。大人の男を相手にするような勢いで、デイルは少女を手で払い除《の》けた。

大人よりずっと軽い少女は、その一動作で吹っ飛ばされる。デイルの「しまった」という顔を横目に、トレバーは少女の背に手を回して抱き止めた。運動神経のいいトレバーでもぎりぎりだった。緊張が解けたのと同時に、「はー」と大きな溜息をつく。

デイルは真っ青になって、その場に崩れるようにうずくまった。

——ごめん！

大きめのその声が注意を引き付け、周りの大人や子供が何事かと視線を向けてくる。

(まずい。このままだと勝手に侵入したことがバレてしまう)

そのとき、腕の中にいた少女がトレバーに「ありがとうございます」と言って離れ、デイルに近付いていった。

——ちょっとぶつかってしまっただけです。こちらの方のおかげで転びませんでしたし、気になさらないでください。そんなことより、そうしていると皆様のご迷惑になってしまうわ。皆様方、お騒がせしてごめんなさい。

幼い少女とは思えない礼儀正しさで、周りの人々に謝罪する。これをチャンスと見て、トレバーはデイルの二の腕を摑んで立たせる。

――申し訳ない。ご令嬢。

デイルが謝罪すると、少女は大人ぶった寛容な微笑みを浮かべた。

――お連れの方に助けていただきましたから、これでチャラですわ。

――〝チャラ〟？

――ごめんなさい。貸し借り無しという意味ですわ。

こちらが和《なご》やかに話し始めたのを見て、周りの人々の興味は離れていく。

人々に注目されなくなると、少女はデイルに姉を差し出した。

――これ以上近付かない、おしゃべりするだけならいいわ。姉さまはおしゃべりしたくないなら自分できちんと断ること。

前のめりなデイルと委縮した少女の姉が話し始めると、トレバーは少女に話しかけた。

――いいのか？　大事な姉上に怪しい男を近付けて。

――いいの。姉さまに対してカホゴすぎたわ。人見知りをなおすのにちょうどいいかもしれないし。それに、あの人が悪いことしそうになったら、おじさまが止めてくれるでしょ？

そのときは、おじさまと呼ばれたことよりも少女が向けてくる期待が癇《かん》に障《さわ》った。
(初対面で信頼してくれるな。そんなものに値しない人間であることは、自分自身がよく知っている)

家族にも信頼されないことでやさぐれていたトレバーは、少女の中の自分のイメージを汚したくなった。

――君は知らないだろうけど、私はぼんくら息子という二つ名を持つ有名人なんだ。

――『ぼんくら』って？

――出来が悪くてぼうっとしている、使えない人間を指して言う言葉だよ。

――出来が悪くてぼうっとしてる？　あなたのことをそう言う人たちって目がフシアナなんじゃないの？　ぼうっとしてる人が、あんなに素早くわたしを助けられるわけがないわ。あなたはできる人よ。できていないと言われるなら、それはあなたの才能が十分に発揮できていないからだわ。

トレバーは皮肉げに微笑んで返事に代えた。

本心のようだけれど、それを他の人間――例えばトレバーの父に対して言えるだろうか。聡《さと》い子のようだから、身分についても多分理解している。本人と姉の身なりからして下級貴族か、貧乏な上級貴族だ。どちらにしろ、ガスコイン侯爵の敵ではない。

トレバーのそんな笑みを、少女は別の意味に捉え、ぷんと怒った。

——わたしの言ったこと信じてないわね？

——……自己紹介がまだだった。トレバーというんだ。よろしく。

——わたしはルイーザよ。ねえ、さっき言ったことは本気なんだからね？

そのときだった。会場の入り口付近で騒動が起きたのは。

あとで知ったのだが、フレデリック第三王子が一人の伯爵令嬢を気に入り、周囲の制止を振り切って追いかけ、自身の遊び相手にしたいと言ったのが原因だった。

そのときは訳もわからないまま唐突にパーティーの終了を告げられ、参加者たちと一緒に無断侵入したトレバーとデイルも会場から追い出された。

トレバーたちのことも招待された子女たちの付き添いだと思ったのだろう。ルイーザは親切にこう言ってくれる。

——おじさまたちも知り合いを探したほうがよくない？

もちろんそういった知り合いなどいない。無断侵入がバレる前に逃げるべきと思いつつ、しかしルイーザが気になったトレバーは、言葉を濁してその場に留まった。

ごった返した廊下で、保護者と合流できないでいる幼い姉妹を放って立ち去ることなどできない。——いや、それはただの言い訳で、もう少しルイーザと一緒にいたかったのだと気付いたのは後々のこと。

そんなふうに立ち去るタイミングを引き延ばしていたから、騒ぎを聞き駆け付けた父に見付かってしまった。

——こんなところで何をしている？　ぼんくら息子めが。

忌々しげに吐き捨てられ、トレバーの胸の内に諦観の念が広がった。

突然現れた外務大臣に注目していた保護者たちの間から「まあ、あの方が？」という声が聞こえてくる。『ガスコイン侯爵のぼんくら息子』の噂は聞いていても、当人を見たことがある者は少ない。トレバーは社交界に出ないからだ。だが、息子の評判を気にしない父によって、顔まで知られてしまった。これから行く先々で後ろ指さされるようになるだろう。それを思うと憂鬱《ゆううつ》になる。

反論の言葉もなく項垂れたそのときだった。ルイーザがトレバーの隣まで進み出て、父を見上げて話しかけた。

——トレバーさんのお父様ですか？　はじめまして。ルイーザ・イーストンと申します。先程トレバーさんに助けられた者です。ロッシュ男爵の二女、ルイーザ・イーストンと申します。あなた様は有名なお方のようですが、田舎者のわたくしはお名前を存じ上げません。無作法とは存じますが、お伺いしてもよろしいでしょうか？

父は顔をしかめたが、相手は子供だからと思い直したのだろう。

——ガスコイン侯爵ゲイリー・カニングという。国王陛下より外務大臣を拝命している。

——ご立派な外務大臣ガスコイン侯爵様に無礼ながら申し上げます。ご子息はぼんくら息子ではありません。先程申し上げたように、わたくしはご子息に助けていただきました。

ルイーザは、トレバーが如何に機敏に自分を助けたかを語った上でこう言った。

——そのような方がぼんくらであるわけがないのです。それに、ご子息が本当にぼんくらだったとしても、一番の味方であるべきお父様が人前でご子息の悪口を言うのはよくないと思います。

父はぐっと言葉を詰まらせた。幼い少女から正論を言われ、バツの悪い思いをしたのだろう。

トレバーには一度もできなかったことを、年端《としは》も行かない少女が成功させた。そのことが妙に痛快で、トレバーは笑い声を上げた。

顔を赤くした父が、叱責の声を飛ばす。

——トレバー！

叱られても、トレバーは笑うことをやめられなかった。

父はじろりとルイーザを睨む。

——他人の家のことに口出ししてはならないと親から教わらなかったのかね？

——そうやって話をそらすのは、子供のわたくしに正しいことを言われて恥をかいたからですか？　恥をかくだけですむうちに、ご子息に謝っておいたほうがいいんじゃないでしょうか？　今のうちに仲直りしておかないと、ご子息がアイソをつかしてはなれていってしまいますよ？

──黙れ！　この小娘が！

父の怒声を聞いて、トレバーはとうとう仰《の》け反《ぞ》って大笑いした。その後、笑い声を聞いてあたふたとやってきたこの場の責任者が、パーティーが中止になった理由を説明するため父を連れていった。

そのあとルイーザたちの父親が現れて、付き添っていたトレバーたちに感謝し何度も頭を下げながら姉妹を連れていった。

この話は、それでおしまいになるはずだった。

ところが、トレバーは何日経っても忘れられなかった。

あんなに愉快な思いをしたのは初めてだったけれど、記憶に色濃く残るのはそのことじゃない。

──ご立派な外務大臣ガスコイン侯爵様に無礼ながら申し上げます。

トレバーの見立て通り、ルイーザは身分について理解していた。その上で父に意見を述べていた。言い負かされる父が面白くて大笑いしてしまったが、小さな拳が緊張に震えているのをトレバーは見逃さなかった。

小さな淑女の大きな勇気。

あのとき覚えた感動が、いつまで経っても色褪せることなく胸を打つ。

そうすると、感動したときの記憶を掘り起こすだけでは足らなくなってきて、出会い、別れるまでのシーンを記憶の中から拾い上げるようになっていった。

自分より大きな姉の前で両手を広げて守ろうとする鮮烈な姿。

大の大人《ディルや父》に臆せず物申す雄姿。

突き飛ばされても恐れ戦《おのの》くことなくその場を収めた、子供とは思えない機転。

そして、親からもぼんくらと呼ばれる役立たずなトレバーに、初対面だというのに手放しの信頼を寄せてきたときの、きらきらした金の瞳。

数え切れないほど繰り返し思い出していると、今度はルイーザのことをもっと知りたくなってきて、調べずにはいられなかった。

彼女は普段どこに住んでいるのか。好きなものは？　嫌いなものは？　得意なものは？　苦手なものは？　交友関係は？　家族構成は？　家系図は？　どこに行けば会える？

訳のわからない衝動に突き動かされ、トレバーはルイーザについて調べまくった。他人に頼るのは何故か躊躇《ためら》われて、一人で。

普段ロッシュ男爵領で暮らしているルイーザのプライベートな情報を王都にいながら手に入れるのは不可能に近い。人を雇って調査するという手もあったが、外交事務補佐の給金など雀の涙で、実家を出て自活していたトレバーにそんなお金があろうはずもなかった。

そのため、調べられることといったら、彼女の父親であるロッシュ男爵の立場から窺い知れる暮らしぶりだけだった。外交事務補佐官という役職を利用して、管轄外の資料の保管庫にまで入り込んで関連書類を探し出し、読みふけった。

自分でも異常と思えるこの行動は、何かとトレバーとつるみたがるデイルにすぐ気付かれた。こいつなら口止めは容易《たやす》いし、もしかするとトレバーの異常行動の原因に心当たりがあるかもしれない。そう思ってある程度正直に話した。

そうしたらこう言われた。

――それはズバリ恋だよ！

――……は？

思わず間の抜けた声を漏らしてしまった。

恋？　そんなわけないだろう。調べたところ相手は現在六歳。いや、年齢を調べる前から、年端も行かない子供であることは一目でわかっていた。そんな子供に恋だと？　ありえない。

だが、恋と聞いてしまってから、それを意識せずにはいられなくなった。

トレバーの症状は、確かに恋に似ている。

（そんな馬鹿な）

トレバーは苦悩した。子供に恋をするなんて変態じゃないか。どれだけ評判を落とされても気にしないが、さすがに子供を追いかけ回すような犯罪者にはなりたくない。

それに、認めたところでどうなる？　トレバーは現在三十歳。ルイーザとの年の差は二十四歳。おじさまと呼んだ相手から告白されたら、ルイーザは気味悪く思うに違いない。

そんなことを考えるに至って、トレバーはようやく自分が恋をしていると認めた。

思えば、トレバーにとってこれが初めての恋だった。それまでは女性から誘われればついていく程度のいい加減な付き合いしかしたことがなかった。

それが、初めて自覚した恋によって、絶望を味わうことになるなんて。

（いい加減な付き合い方をしてきたことへの報いなのか？　何もかも諦めて怠惰に生きてきた己の自業自得なのか？）

いや、そんな非論理的な想像は無意味だ。確かなのは、報われぬ恋に落ちてしまったということ。

そんな恋など諦めるべきだと思うのに、どうやったら諦められるかわからない。もっと成就しやすい新しい恋を探せばいいのに、どうしてもそんな気になれない。他のことで気を紛らせようとしても、気を抜けばいつの間にかルイーザのことばかり考えている。

報われないのだから苦しいはずなのに、それ以上に、彼女のことを考えると幸せな気分になれるからだ。

そんな不毛な日々を送っていたある日、思いがけない人物から話しかけられた。

――僕の手駒《てごま》になる気はないか？

話しかけられたのは王立図書館のひと気のない一角で、相手は五歳の男の子。ティングハスト王国第三王子フレデリック・エヴリン・ティングハスト。

この小さな王子が図書館内をたまに一人で歩いていることは知っていた。だが、このときまで接触したことはなかった。当のフレデリックが他人に話しかけられることを望んでいなかったし、トレバーも挨拶だのなんだのと煩わしい思いをしたくなかった。そうして互いを避け続け、そろそろ一年ほど経つだろうか。

なのに何故急に接触を図ってきたのか。どうして今のタイミングだったのか。

――僕はある娘に恋をして、結婚したいと思っている。そのためには幾つかの障害を乗り越えなければならないが、子供のうちはできることが限られているから、僕の意思を汲み、手足のように動いてくれる大人が必要なんだ。望みを叶えるのに協力するのであれば、おまえの望みについても協力してやろう。

(望み？　そんなものありはしない。――いや、一つだけある。ルイーザのことを忘れたい。彼女を知らなかった頃の自分に戻りたい)

叶わぬ望みを頭の片隅に押しやって、トレバーは上辺だけの笑みを浮かべ答えた。

――私の望みは叶えていただかなくて結構ですが、一介《いっかい》の貴族である私に王子殿下のお声掛けを無視できようはずがありません。親からもぼんくらと呼ばれる私がお役に立てるかわかりませんが。

フレデリックはトレバーの皮肉に、皮肉な笑みを浮かべて返した。

——何を言ってる？　この辺りの書物を読みこなすおまえが無能なわけがない。まあいい。言質《げんち》は取ったからな。きりきり働けよ？　そうしたら、おまえの恋を叶えてやる。

その瞬間、この王子にルイーザへの恋心を知られてしまっていると悟った。

動揺してこのとき何を言ったかはあまり記憶にない。自分の恋を否定しようとしていたのは覚えている。そんなトレバーに、フレデリックはきっぱりと言った。

——おまえは変態ではない。少々悪い巡り合わせで運命の相手と出会ってしまっただけだ。

常日頃やさぐれていたトレバーは、相手が王子であるというのにまたしても皮肉を言ってしまった。

——へえ、物分かりがいいですね。五歳のご自分が十二歳のご令嬢に恋をしたからですか？

先程の話と照らし合わせれば、この結論に至ることは容易だった。パーティーを突然終了させるほどの騒動を起こしてまで自身の遊び相手に選んだ令嬢こそ、フレデリックが結婚という手段を使ってでも手に入れたいと考えた相手だと。

このときのトレバーは、五歳の子供が本気の恋をしているなんて頭から信じていなかった。

（子供らしくない言動をなさるが、お気に入りの令嬢を結婚という手段で手に入れようとするあたりはやはり子供だな）

内心鼻で笑っていると、トレバーの反応を予測していたのか、フレデリックは肩をすくめて言った。

――あり得ないと思うか？　だが年齢なんて関係ない。運命の相手に巡り会うっていうのはさ。

その言葉に、トレバーは絶句したのを覚えている。

それからすぐ、フレデリックに情報収集を命じられて別れた。

少女への恋という絶望的な状況に一縷《いちる》の希望を見た気もしたが、このときのトレバーはそれを気のせいと見做《みな》し、投げやりな気分でフレデリックに与えられた命令に従った。

ルイーザのことを調べる際に培ったノウハウのおかげで、必要な情報を集めるのは簡単だった。

その他については以前と変わらない生活を送っていた。両親のことも、仕事のことも、自分のことも。言われなければ動かない。嫌なことからは逃げる。そんな自堕落な日々。

愛する人と決して結ばれない絶望に彩られた人生なんてどうにでもなれという投げやりな気持ちだった。

だからだろうか。自らが盤石《ばんじゃく》な立場を築けば恋する令嬢との結婚が叶うと信じているらしい子供に協力してやろうという気持ちになったのは。

しかし、そんな気持ちも半年も過ぎる頃にはすっかり変わっていた。

――おまえの言っていることは正しいが、画期的すぎて凡人には理解できなかったり受け入れ難かったりするんだ。相手にレベルを合わせろ。そこから少しずつ必要な知識や知恵を与えて、おまえのレベルへ近付けていけ。凡人がどのくらい理解できないか、新しいことを受け入れ難く感じるか、天才のおまえにはわからないだろう。僕が練習台になってやるから、おまえはまず凡人について学べ。他人に理解されなければ、どんなに素晴らしいアイデアであっても実現に至らず、塵芥《ちりあくた》同然だぞ。

そう言われて情報収集の傍ら人々を観察した。そうしたらすぐにわかってしまった。今まで「くだらない」「馬鹿なことを」と言われたのを額面通り受け取ってきたが、本当は理解されていなかっただけだったのだと。

フレデリックが言うところの凡人は、トレバーより記憶力が乏しく頭の回転も悪く、トレバーなら一瞬で理解できることを十も二十も嚙み砕いて時間をかけなければ習得できないのだと知った。そのくせプライドは高く、理解できないのは相手がおかしなことを言っているからだと決めつける。トレバーは誰もが自分と同じくらいの知能があると思っていたため、だから意思疎通ができなかったのだと思い知った。

フレデリックは集めた情報を元に、トレバーに更なる指示を与えた。外務大臣の息子という立場を利用して各国の外交官に接触し、外交の上で、あるいは彼ら自身が抱えている問題を解決することで滞っていた交渉を取りまとめた。トレバーは国内での名声を得るのと同時に各国の外交官たちの信頼を得て、情報交換のできる親しい間柄を築いていった。それは周辺各国の連携の基盤となり、フレデリックの望みを叶える礎《いしずえ》となる。

人生が順風満帆になってくると、トレバーはフレデリックの望みが叶うかもしれないと思うようになり、本気で彼を応援する気になっていた。

だが、トレバーの恋は何の進展もない。会うこともできないのだから当たり前だ。フレデリックとの約束は守りつつも、自身の恋は諦めようと自分に言い聞かせるようになっていた。

事態が動いたのは、ルイーザと出会ってから五年が過ぎた頃のことだった。

フレデリックがこれまで自身が果たしてきた役割を大臣たちにも知らしめる時期が来たと言って、トレバーを国王と大臣たちが話し合う重要な会議の場に連れていった。その場でトレバーは、自分の数々の功績はフレデリックの指示によるものだと証言した。

フレデリックがそこまでして伯爵令嬢との結婚を望んでいるという事実は大臣たちの間で物議をかもしたが、その中で外務大臣であるトレバーの父だけは、軽蔑の目をトレバーに向けた。

――やはりおまえは、自分では何もできないぼんくらか。

それに対し、フレデリックは嘲った。

――私の指示を遂行できたのは、トレバーが天才だからだ。単なる指示待ちの者にあれほどの偉業は成しえない。

――フレデリック殿下。我が息子が天才と仰るのでしたら、何故息子は三十歳になるまでその才能を発揮しなかったのでしょう？

――トレバーを使う立場にあった者たちが皆無能だったからだ。彼をどのように使えばその才能を活かせるか、まるでわかっていなかった。

――殿下はこの私を無能だと仰るので？

――無能は言いすぎだったな。すまない。言い方を変えよう。――『凡人は天才を使いこなせない』。

無能を言い換えても凡人扱い。これは父にとって大変な屈辱だったはずだ。だが、このときより外交の主導権をフレデリックが握るという決定に、父は反対を押し通すことができなかった。フレデリックとトレバーは外交官たちを通じてそれぞれの国の国王と連絡を取り合っており、二人無しではもはや外交は成立しなくなっていたからだ。

会議の場から出るとき、父はもはやトレバーと視線を合わせることもしなかった。親子関係もこれで終わりだなと思ったけれど、それこそとっくの昔にどうでもいいことになっていた。

会議場を出たあと、初めてフレデリックの私室に通された。国王や大臣たちにはフレデリックとトレバーの関係性を明かしたが、これからフレデリックが実質的に外交の指揮をとるにあたって、表向きには敏腕外交官であるトレバーに師事しながら諸国を回るということになるからだ。

私室に入り人払いすると、フレデリックは楽しそうに言った。

――種は蒔いた。あとは吉報を待つばかりだ。

表情には十歳の子供らしい明るさがあったが、言っていることはちっとも子供らしくなかった。持ち前の聡明さのせいもあるが、主な理由は置かれた立場のせいだ。

ティングハスト王国には第三王子派という派閥がある。「王太子より聡明な第三王子こそ国王に相応しい」と主張し、フレデリックを王太子に、ひいては国王の座に担ぎ上げようとする一派のことだ。その実《じつ》、現国王の政治基盤をいずれ引き継ぐ王太子の世では今以上の栄華を望めないため、新たな旗頭《はたがしら》を掲げることで政敵を引きずり下ろしのし上がろうと目論む烏合《うごう》の衆《しゅう》だった。

フレデリックは奴らから「あなたが王となるべきお方です」「我々が支援して差し上げましょう」と言われ付きまとわれていることに酷く腹を立てていた。それはそうだ。彼らがしようとしているのは、自覚あるなしにかかわらず、フレデリックを反逆者に仕立て上げる計画だ。だというのに、奴らは恩着せがましくフレデリックに王位を望むよう要求する。

そこでフレデリックは、国王と王太子に第三王子派の動向のすべてを報告し、奴らを叩き潰す算段を立てていた。

今回の会議で、フレデリックはこれより一年以内に〝師匠〟であるトレバー・カニングの外交任務に同行することが決定した。極秘であるはずのその情報は、どこかから漏れ出て第三王子派に伝わることになっている。

フレデリックを王位に押し上げるため、王太子暗殺まで画策している彼らは、フレデリックのその外遊が他国に婿入りするための準備であると曲解する。慌てた者たちは、十分準備が調っていない王太子暗殺計画を実行に移すだろう。そこに罠を張って、実行犯のみならず関係した者すべてを捕らえて処罰することになっていた。

ここまではトレバーも聞かされていたことだった。だが、フレデリックはそこから思いがけない方向に話を持っていった。

――あの計画に、おまえの想い人の祖父と伯父も加わったぞ。

意味を悟って、トレバーは目を見開いた。

フレデリックの言う二人とは、ルイーザの父方の親戚だ。ルイーザの祖父という人物は偉ぶった人間で、その嫡男である伯父も同じ性格を受け継いでいる。家族を虐げて顎で使うことを当然と思っており、そんな家に嫌気が差したルイーザの父は、結婚を機に祖父や伯父と距離を置くことにした。

だが、そんな二人がルイーザの父の意図を汲めるはずもない。事あるごとに無理難題を押し付けて彼を苦しめている――という報告書を見たことを思い出す。

そんな二人が出世が見込めそうな上手い話を聞けば、ルイーザの父に危ない橋を渡らせてでも誘いに乗るのは目に見えている。そうでなくとも、血縁者であるからには予定している連座の範疇に含まれる。それにはルイーザまでもが。

ショックで息も吐けないでいると、フレデリックが呆れて言った。

――おいおい。今こそおまえの出番じゃないか。愛しの姫君を颯爽と救うチャンスだぞ。おまえなら、想い人の父親が犯罪に手を染めるのを阻止するのは簡単だろう？　連座のほうは、王太子暗殺を未然に防いだおまえの家族なら、除外していただけるよう私も国王陛下と王太子殿下に嘆願することができる。

(殿下はここまで計画の内に入れていたのか？)

信じられない思いでフレデリックを凝視していると、フレデリックは十歳の子供の顔に、大人張りの好戦的な笑みを浮かべた。

――あとはおまえの努力次第だ。さすがに他人の恋路の世話まではできかねるからな。呆《ほう》けていていいのか？　相手方に連座回避の結婚ではないと主張するには、残された時間はほとんどないぞ。

（とんでもないことをしてくれる。一歩間違えれば永遠の別れになりかねないじゃないか）

だが、フレデリックがそんな計画を立てたのは、ここまでしなくてはトレバーとルイーザとの結婚は叶わないと知っているからであり、トレバーならばこの難局を乗り切れると信じて疑わないからだともわかった。

トレバーはフレデリックに挨拶もなく彼の部屋から飛び出し、すぐさま行動を開始した。知己の商人に連絡を取り、第三王子派の監視を依頼。動きがあればすぐフレデリックに連絡を取るよう伝えて、自身はロッシュ男爵領の領主館へと馬を乗り継ぎ急ぐ。驚異的な速さで到着したのちは、ルイーザの父ロッシュ男爵と面会した。

ロッシュ男爵とは季節の便りを送り合う間柄になっていたため、面会もその後の話し合いもスムーズだった。事態の深刻さも、その一因だっただろう。

横柄《おうへい》な祖父と兄から王太子暗殺に協力するよう命じられ苦悩していた男爵夫妻は、トレバーの提案を呑み、協力するふりをして暗殺計画の内容をトレバーに密告することを約束した。

ただ、連座回避のためのトレバーとルイーザの結婚については、ルイーザの判断に委ねると言った。ルイーザであれば家族のために結婚を承諾するだろうけれど、親の口から家族のために結婚してくれとは言えないから、と。ルイーザが結婚を拒んだときは、家族揃って刑に服するつもりだとも言った。

だから、つんけんした言い方であってもルイーザがプロポーズを受けてくれたとき、トレバーは心底ほっとした。

急な結婚の理由付けは、外交任務のため長期にわたって国外に出ることになったトレバーが、愛するルイーザを同行させたいと望んだからということにした。親戚でも何でもない少女を外交任務に連れていくのは外聞が悪いが、妻であれば堂々と連れていける。トレバーはそう説明したが、ルイーザも彼女の両親も微妙な顔をしていた。

のちにルイーザから聞いたところによると「十一歳の少女を妻にすることのほうがよっぽど外聞悪いと思う」という気持ちの表れだったのだそうだが、理由付けを提案したときのトレバーは十一歳――いや、出国のときには十二歳になっているか――の少女を両親から引き離し国外へ連れていくことへの抵抗感だとばかり思っていた。

(このくらいの理由がなければ結婚を急いだ理由付けにならない。だがそれは言い訳であって、ルイーザを連れていきたいという気持ちこそが本音だろう?)

家族を処罰から守ることを盾にとったという罪悪感にトレバーは苛《さいな》まれる。

だから、十一歳という若さで大変な決断をしてくれたルイーザを、生涯大事にすると決意した。

利発で愛らしい少女は、六年の間に美しい女性へと成長した。それに伴い、ルイーザを子供だと思っていた頃には感じなかった欲望を感じるようになった。この一年は色香も漂うようになってきて、何度ベッドに連れ込んで愛したいと思ったか知れない。

だが、ルイーザはまだ未成年だ。外見は大人に見えても、心身はまだ未成熟。額へのキスでさえ慣れないらしく、緊張してかちこちになる。まだ大人になる準備が調っていない彼女に大人の欲望を見せて傷付けたくない。

「あとひと月足らずだ。ルイーザが成人の誕生日を迎えるその日までは……」

今宵もトレバーはそう自分に言い聞かせるのだった。

三章

　翌日、朝食を終え、トレバーをイーストン家の部屋の入り口から見送って少しした頃のことだった。

　食後の休憩にリビングでお茶を飲みながら、今日の買い出しは誰が行くか話し合っていたそのとき、ドアノッカーが「カッカカッカッ」と鳴らされる音が聞こえてきた。

「お客さんが来る予定あった？」

　ルイーザの問いかけに、家族全員首を横に振る。

　室内に緊張が走った。

　イーストン家は気を付けなければならない来訪者が二種類ある。一つはトレバーのファンだ。アパートメント前の通りで待ち伏せする程度ならまだしも、部屋まで押しかけてくる危険がある。そういう人間は何をやらかすかわかったものではない。通りまで見送りに出ないのもそのためだ。つながりがあるとバレてしまえば、トレバーにお近付きになろうとして利用されるかもしれない。

二つ目は、ルイーザや家族に危害を及ぼす来訪者だ。表立って存在は確認されていないけれど、優秀なトレバーを妬んでいる貴族は多いはず。その中でも、才もなければ努力もしない人間ほど、逆恨みに走りやすい。そういう輩は、嫌がらせはもちろんのこと、伝手《つて》と金さえあれば暗殺者を送ることも躊躇わないだろう。

カッカカッ。

ドアノッカーの音がまた聞こえてくる。

「わたしが出るわ」

「いや、私が対応しよう。執事のふりをして扉越しに対応すれば安全なはずだ」

そう言って、父が玄関に向かう。

心配だったので、ルイーザは後ろからついていった。

その後、思いがけない事態に遭遇する。

＊　＊　＊

アパートメント周辺に配していた護衛からルイーザが連れ去られたとの報告を受け、トレバーは王都郊外にあるガスコイン侯爵の屋敷へと急いだ。

聞けばルイーザはガスコイン侯爵家の紋章の入った馬車に乗せられたという。そんな目立つ馬車を使うのであれば、目的地は一つしかない。ルイーザも、ガスコイン侯爵家からの迎えと聞いたから、大人しく馬車に乗ったのだろう。護衛が止めようとしたが、行くと言って聞かなかったという。

(今更ルイーザに何の用だ？)

六年前、ルイーザが挨拶しなくていいのかと気にしていたので、トレバーはまず一人で両親に会いに行った。その頃には自分で稼いだ金で貴族街のアパートメントで暮らしていたから、屋敷に立ち寄ったのは実に四年ぶりのことだった。だというのにあまり歓迎されず、結婚の報告をしたら案の定大反対された。

――最近まともになってきたと思っていたら、今度は十一歳の少女と結婚しただと？冗談も大概にしろ。

――お父様の許可も得ず、あなたの娘と言っていい年頃の少女と結婚なんてして！せっかく上向いてきたあなたの評判がまた地に落ちてしまうわ。

――ともかく結婚は許さん。公衆の面前で私に盾突いてきた男爵家の娘など、絶対に認めないからな。挨拶に来ても追い返してやる。

トレバーにとってルイーザがどれほど大切かなど聞く耳を持たず、二人は一方的に反対して、ルイーザが侯爵家を訪れることを頑なに拒んだ。だからトレバーはそれ以来屋敷に戻ったことはない。

結婚式は第三王子フレデリックの口添えで、国王の許可を得て執り行った。しかしガスコイン侯爵が認めていないために、トレバーは結婚していないと考えるティングハストの貴族は多く、国内にいると未だに縁談を勧められる。一方ルイーザはトレバーの愛人のように見做され、子供でありながら侯爵家嫡男を誑かしたと悪し様《あざま》に囁かれている。

十一歳のルイーザと結婚したトレバーが一番の原因なのはわかっているが、彼女の悪評を助長したのは両親だ。トレバーは許すつもりはなかった。ルイーザが未成年で連れていけないからという理由もあるが、両親を避けるという意味でも社交の場への招待はすべて断っていた。加えてこの六年、両親からは何の音沙汰もなかったというのに。

(何故今になってルイーザを連れ去るんだ!?)

トレバーは焦燥に駆られ、馬車の床で踵を小刻みに踏み鳴らす。

堂々と連れ去ったからには身体的な危害は加えられないと思うが、精神的には何をされるかわかったものではない。一番恐れているのは、ルイーザに離婚しろと迫られることだ。トレバーのために離婚してくれと涙ながらに乞われれば、連座から救った恩を未だ感じているルイーザは頷きかねない。

離婚に応じるつもりはないし、ルイーザが離婚を撤回するまで説得するつもりもある。

だが、義理の両親から嫁として相応しくないという烙印を押されれば、ルイーザは傷付くだろう。

（ルイーザを傷付けたらただじゃおかない……！）

馬車を急がせてガスコイン侯爵邸に到着すると、トレバーは踏み台が用意されるのも待たずに馬車から飛び出し、邸内へ駆け込んだ。ルイーザがいるのは応接室と当たりをつけ、ノックもせず押し入る。

「ルイーザ！」

果たして、ルイーザはそこにいた。アパートメントにいるときのようなシンプルなワンピースを着て、長ソファに居心地悪そうに座っている。

大股に近づいていったトレバーは、ルイーザの顔を近くで見て愕然とした。顔が赤く、目尻に涙を溜めている。

トレバーと目が合うと、ルイーザは気まずげに目を逸らした。

トレバーの頭は、怒りで沸騰した。対面の一人掛けソファにそれぞれ座る両親に怒号を浴びせる。

「ルイーザに何を言ったんです!?　成人前の少女に大の大人が寄ってたかって、あんまりじゃありませんか！」

「やめて！　そんなんじゃないったら！」

ルイーザがソファから立ち上がってトレバーの腕を摑み、素の口調に戻って叫ぶ。

トレバーはルイーザに向き直って、両肩に手を置いて慰めた。

「彼らを庇う必要なんてない。ああ可哀想に、涙目になってしまって」

「だからそうじゃなくて！　そのっ、これはものすごく褒められちゃって、恥ずかしくてだから……！」

「——は？」

＊　＊　＊

新しいお茶が用意される間、ルイーザはたどたどしく事情を説明した。

「ガスコイン侯爵家の使いの方から屋敷に招待するって伝言をもらって、いつか侯爵ご夫妻と話し合わなきゃいけないって思っていたから招待に応じたの。お二人は和解したいと仰って謝ってくださって、あといろいろ褒めてくださっただけで嫌なことは何一つ言われていないわ。むしろ、わたしのほうが失礼なことを言ってしまって……」

最後まで言えずに肩をすぼめて俯くと、トレバーの両親が代わって説明してくれた。

「失礼なんて、そんなことはなかったよ。むしろ大切なことを教えてもらった」

深い皺の刻まれた厳つい顔のトレバーの父ゲイリーが柔和な笑みを浮かべてそう言うと、

白髪に近いシルバーブロンドを持つほっそりとした顔立ちのトレバーの母バイオレットが頬を上気させながら話を継ぐ。

「あなたと和解したいのなら、まずあなたに赦《ゆる》しを乞うべきだって、ルイーザさんは言ったの。わたくしたちがルイーザさんを受け入れられなかったのはもっともなことだと思うから気にしていないけれど、傷付いたのは自分よりも両親に自分の結婚を受け入れてもらえなかったあなたのほうだろうから、自分の一存で謝罪を受け入れるわけにはいかないのだそうよ。愛されているわね、トレバー」

その言葉に過剰反応したのはルイーザだった。間髪《かんはつ》いれず声を上げてしまう。

「いえ！　そういうわけでは……！」

六年間つんけんしてきた弊害か、条件反射的に否定してしまう。

バイオレットは表情を曇らせた。

「あら。ルイーザさんはトレバーを愛していないの？」

「そ、そういうわけでもないんですけど……」

話の流れ的に愛してますと断言すべきところなのだろうけど、本人にも言ったことがないのに性格的に言えっこない。

言葉を濁しがちに否定しただけなのに、バイオレットは何故か微笑ましげにルイーザを見つめる。

「初々《ういうい》しくっていいわね」

今のルイーザの態度を見て、何故そんな感想になったのかわからない。

ルイーザは困惑しながらちらりと隣を見る。いつもルイーザを愛していると言って騒がしいトレバーが、何故か大人しくて気になったからだ。するとトレバーと目が合った。目元をほんのり染めて、いつになく狼狽えているように見える。

そんな反応をされたせいで、ルイーザは照れて膝の上に視線を落とす。

お茶が配られると、ゲイリーは人払いをした。扉が閉められ四人だけになる。

ゲイリーは咳払いしたかと思うと、膝に両手をついてトレバーに深く頭を下げた。

「今までおまえのことを誤解していてすまなかった」

「は？」

あっけにとられたトレバーの呟きを誤解したのだろう。ゲイリーは頭を上げ、慌てて釈明する。

「遅きに失したのはわかっている。おまえからすれば、謝られたところで今更遅いという気持ちが強いだろう。だが、ルイーザさんが言ってくれたんだ。『赦しを乞うためではなく、本当に悪いことをしたと自覚したのを伝えたいのであれば、誠心誠意謝ったほうがいい』と。あとは……なんだったかな？」

首をひねるゲイリーに、バイオレットが助け舟を出す。

「『謝罪は傷付けた側が楽になるためのものだと聞きますが、わたしが傷付けられた側だったら謝られないのもそれはそれで腹が立つので』だったかしら？」

ルイーザは膝の上で握った拳をぷるぷる震わせた。自分が言ったことを復唱されると、恥ずかしくて居たたまれない。

ゲイリーは気まずそうに咳払いをしてから、ちょっと言い訳がましく話し始めた。

「私は衆目のある場所でおまえを貶めたのに、その謝罪を衆目の前でしないのは卑怯だとは思うが、私が公で謝罪するのであれば、責任を取る必要がある。爵位をおまえに譲って引退しなければならん。そのくらい重いことであるのを理解した上で聞いてもらいたい」

トレバーは面倒臭そうな顔をして手のひらを上げた。

「あー、爵位は要らないです。愛しのルイーザといちゃいちゃしたいですから」

「いちゃ――って！　なんてこと言ってんの！」

ルイーザは真っ赤になり、いきり立ってすかさず怒鳴る。怒鳴ってから淑女にあるまじき言動だったと気付いて、トレバーの両親に「失礼しました」と小さく謝りソファに座って縮こまった。

耳を塞いでルイーザの怒声をやり過ごしたトレバーは、隣に座り直したルイーザに拗ねたように言う。

「今でさえルイーザと過ごす時間が足りてないのに、侯爵なんて継いだら余計時間が足りなくなるじゃないか」

「わたくしは足りてると思いますけど？　話したいことはちゃんと話せてますし」

義両親の手前、今更ながらに淑女らしい言葉遣いをすると、バイオレットが「好きな話し方をしていいのよ」と優しい言葉をかけてくれる。

実のところ、侯爵家に招待されたときはいびられることも覚悟していた。その予想と現実とのギャップもあってか、バイオレットの気遣いに胸がじんとくる。その間に、トレバーはそっぽを向いて「今は足りてるかもしれないけど」とぶつくさ呟く。

ゲイリーはまた咳払いをして話を仕切り直した。

「勤務時間については考慮しよう。爵位はいずれ継いでほしいが、おまえが人前での謝罪を欲しない限り、今すぐというわけではない。話が大分逸れてしまったから、元に戻そう。――おまえが事務処理で成果を上げたとき、私は『他人にやらせたことを自分の手柄にするな』と叱ったな。言いがかりもいいところだった。あとで調べさせてみたら、おまえ一人で膨大な事務処理が行われていたことが明らかになった。おまえがいなくなった文書管理室では業務が遅れに遅れ、他の部署にまで悪影響が及んだ。それでもおまえに詫びられなかったのは、無駄に高いプライドのせいだった。各国の外交官たちと良好な関係を築いて外交問題を解決していったときに、その功績を直接褒め称えられなかったのもな。フレデリック王子殿下から『凡人に天才は使いこなせない』と言われてようやく、間違っていたのは私で、おまえはぼんくらなんかじゃないと気付かされた。謝罪したいと思ったが、やはりプライドが邪魔をして行動に移せなかった。ようやく決心がついたときにはおまえは国外にいて、たまに帰ってきてもタイミングを計っているうちにまた国外へ行ってしまって――これは言い訳でしかないな。本当に謝罪したいのであれば、手紙を書いて謝罪の機会を求めれば良かったのだ。長い間お前を苦しめてしまってすまなかった。この通りだ」

ゲイリーは再び深々と頭を下げる。

貴族、特に侯爵ともなると、頭を下げるだけでも大きな屈辱だろう。それを二度も。

ルイーザが提案したこととはいえ、実際目にして驚いていると、今度はバイオレットが謝罪を始めた。

「わたくしもあなたを理解できず、酷いことを言ってしまったわ。責めを負うべきはあなたではなく、わたくしのほうだったのに。本当にごめんなさい」

謝罪を終えると、バイオレットも深々と頭を下げる。

一層驚きを隠せずにいると、隣から冷ややかな声音《こわね》が聞こえてきた。

「――やめてください」

余計なことをしてしまったかもしれない。トレバーの心痛は謝罪くらいじゃなんともならないと理解もせずに。

謝ろうと口を開こうとしたそのとき、「あー」と間延びした声が隣からする。驚いて横を向けば、トレバーは項垂れて頭をかいていた。

「それについてはフレデリック殿下から言われました。『凡人を理解しろ』と。私は自分がひらめいたことを実践すれば皆が楽になる、皆が望みを叶えられるとばかり考えて、言われた側がどう思うか気にかけたことがありませんでした。それまでの習慣に慣れ親しんでいた者たちに画期的な方法を提示したところで受け入れ難いものだということも、あなたのやり方は間違っていると言われたら気分が悪くなることもわかっていなかった。理解が足らなかったのは私も同じです。殿下にそのことを気付かせてもらったあと、今までずっと謝罪しようとしなかったのも私も同じ。あなた方が謝罪してくださったのですから、私も謝罪しましょう。――今まで申し訳ありません」

トレバーまでもが深々と頭を下げる。ルイーザはこれに一番驚いた。トレバーにも反省すべきところがあることに気付いていなかったからだ。

感心しきりなルイーザに対し、ゲイリーとバイオレットはトレバーの謝罪に困惑して言葉がないようで、中途半端に頭を上げた状態で二人顔を見合わせていた。

そんな三人を面白そうに眺めたあと、トレバーはいつものお道化《どけ》た調子で、手振りを交えて話す。

「というわけで、これでチャラにしませんか?」

ルイーザが昔口にした俗語を使われてしまう。侯爵相手に使っていい言葉じゃないでしょという意味を込めて睨んでやったけれど、トレバーはどこ吹く風だ。

ゲイリーは頭を上げ、首を傾げ尋ねた。

「〝ちゃら〟とは？」

「貸し借りがなくなったから、これでおしまいにしましょうという意味です」

トレバーはそう言うと、ルイーザに面白がるような視線をちらりと寄越す。

ルイーザは顔を赤らめた。初めて出会った日にその俗語をトレバーに教えたのは自分だと思い出したからだ。

高位の貴族に俗語を教えてしまったなんて、なんだか恥ずかしい。その単語から離れてほしいのに、ゲイリーはこんなことまで言う。

「……成程。それは良い言葉だ」

それからくつくつ笑う。つられるように、バイオレットも口元を隠しふふふと笑った。

和解の意味で言われているとはわかっていても、ルイーザのせいで残念なハッピーエンドを迎えた感じがして申し訳ない気分になってくる。

居たたまれなくなって下を向いていると、ゲイリーが感心した様子でトレバーに話しかけた。

「おまえの選んだ妻はなかなかの傑物《けつぶつ》だな。十二年前もそうだった。『ご子息が本当にぼんくらだったとしても、一番の味方であるべきお父様が人前でご子息の悪口を言うのはよくないと思います』。この言葉には今でも頭が下がる思いがするよ。ルイーザさんの言う通りだ。トレバーに失望していたからといって、人前で悪口を言うべきではなかった。その失望自体も不当なものだった。トレバーが名声をあげる度に、ルイーザさんの『今のうちに仲直りしておかないと、ご子息が愛想を尽かして離れていってしまいますよ？』という言葉を思い出したよ。あのときからトレバーのことを信じて、勇敢にもトレバーのために私と戦ってくれた。息子にこんなにも心強い味方がいてくれたことは感謝に堪えんよ」

「わたくしは今日初めてそのことを聞いたのですけど、そんなに昔から息子を支えてくれていたと知って感動したの。トレバーが来る前に話していたのだけど、わたくしたちはルイーザさんの国外での活躍を聞いているわ。デビュー前なのに社交界では引く手あまたで、ルイーザさんのおかげでどこの国でも外交交渉がスムーズだったとか」

ルイーザは胸の前で慌てて手を振った。

「わたしは本当に何かした覚えはないんです」

話を聞いていたトレバーが、大袈裟な身振り手振りで話に入ってきた。

「そんなことないよ！　腹の探り合いでぴりぴりぎすぎすした交渉の場でも、君の話題を出すと何故か気持ちが和んで緊張が解《ほぐ》れるんだ。おかげでこちらのペースで交渉を進められて、何度君に助けられたことか！」

ルイーザはぎょっとしてトレバーに聞いた。

「まさか、いつもの調子で馬鹿みたいにわたしの話をしたんじゃないわよね!?」

「そんなことしてないけど、いつものような妻自慢はしたよ！　そうそう。それらは君の手柄として、報告書にちゃんと書いて国に提出しておいたからね！」

「嫌ー！　嘘だと言って!!　だから侯爵様がご存じだったのね!?　もう！　恥ずかしくて死んじゃいそう……！」

(気持ちが和んでなんて言ったけど、あっけにとられただけに決まってる！)

俯いて火照った顔を隠すルイーザに、トレバーは慌てふためく。

「ええ!?　そんなに恥ずかしがること!?　でもごめん！　両親にこれだけは言わせてくれ！」

これだけと言いながら、トレバーはべらべらとしゃべり倒す。

「我が愛しの妻は物覚えが良く、機転が利いて、どの国へ行っても人気者なんです！　その人気の陰で、ちょっとした空き時間も無駄にせず行く先々の国の言葉を習得し、歴史や文化、王侯貴族の名前や特徴を記憶していきました。ルイーザは優秀です。ですがその優秀さを一層磨く努力こそ私は尊いと思うのです！　貴族は努力を低俗と見做す傾向があるので、なかなか口にできませんが！」

ゲイリーは腕を組んでうんうんと頷いた。

「いくら才能があっても、努力なしには大成しない。大抵の貴族は体裁を取り繕うことに重きを置きすぎて実《じつ》がなくて困る。その点、ルイーザさんはしっかりしているから、おまえの伴侶としても申し分ない。それに、おまえも自分の才能に胡坐《あぐら》をかくことなく、行く先々で外交成果を上げてきた。我が国で類を見ない快挙だ。――私にはもったいないほどの、よく出来た息子だよ」

その最後の一言が消える頃には、場がしんと静まり返っていた。

どうしたの？　嬉しくないのかな？

不思議に思って隣を見れば、トレバーが唇をわななかせている。ルイーザの視線に気付いてこちらを見ると、彼はいきなり立ち上がって、ルイーザの脇の下に手を入れて抱き上げた。

「ルイーザ！　君はやっぱりすごい！」

宙に持ち上げられ、くるくると振り回される。驚きすぎてすぐに反応できなかったルイーザは、夫の目尻に滲む涙に気付いた。

(これを隠したかったのね)

そう悟り、見なかったふりをする。

「ちょっとやめてったら！　わたしもう子供じゃないのよ？　スカートが置物にぶつかっちゃう！」

「あ、うっかりしてた」

トレバーは悪びれもせずそう言うと、ルイーザをすとんと下ろして抱き締めてくる。

「ご両親の前で何すんのよ！」

そこにすかさずゲイリーとバイオレットから声をかけられる。

「我々のことは気にしなくていい」

「そうよ。二人の仲のいい姿を見られて嬉しいわ」

「そうですか。じゃあ遠慮なく」

トレバーは悪乗りしてルイーザを両腕に抱き上げる。そうしてまたくるくる回り出すので、ルイーザは振り落とされまいとトレバーの首に腕を回して抱きついた。

「お二人は気にしなくてもわたしは気になるんです！」

目をぎゅっとつむって必死に叫んだルイーザの耳に、三人の笑い声が聞こえてきた。


その後の話し合いで、ルイーザとトレバーはガスコイン侯爵家の敷地内にある別邸に引っ越すことが決まった。ルイーザの誕生日パーティーは千人を招待できる本邸で行われることになり、その際にルイーザの社交界デビューのお祝いと、トレバーとルイーザの結婚のお披露目をしようということで話はまとまった。

ティングハストの貴族の間でルイーザはガスコイン侯爵家に認められていない嫁という

認識をされてきたが、本邸で千人も客を招いてお披露目をすれば、皆認識を改めざるを得ないだろう。

トレバーは最初、新居もルイーザの誕生日パーティーの会場も、別の場所を希望していた。が、それだとルイーザはトレバーの嫁として貴族たちに認めてもらえないとゲイリーとバイオレットに脅さ——いや、説得され、トレバーが折れた形だ。

その日の昼下がり、二人アパートメントに戻る前に新居となる別邸に立ち寄ることになった。

馬車に揺られながら、トレバーはまだぶつくさ呟いていた。

「もらえる敷地を塀で囲う許可を取ったし、アポを取らなかったり頻繁に訪ねてきたりしないよう約束させたし、他に何かあったかな……」

「もう！　ご両親のことを許したんじゃなかったの？　そんな距離を取ろうとしてるみたいな条件をつけたりして。お義母様なんて最後には泣くのをこらえていらっしゃったじゃないの！」

「ルイーザ、毎日のように日に何度も母の訪問を受けて耐えられる？」

「まさか。そんな非常識なこと」

「母ならやりかねないよ。だから、あのくらい釘を刺しておくので丁度いいのさ」

信じられないけど、息子のトレバーがそう言うのなら、それが正しいのだろう。なんと言葉を返したらいいかわからなくなり、ルイーザは話題を変える。

「別邸を譲っていただけたのはありがたいけれど、新居を用意してくれているフレッチャーたちに悪いわ」

「……気にすることないよ。フレッチャーが言ってた心当たりっていうのは、多分別邸のことだから」

「え？　どういうこと？」

「まあ、行けばわかるよ」

本邸から馬車で少し走ったところにある別邸では、フレッチャーをはじめとした、周辺諸国について回ってくれていた使用人たちがずらりと並んでいた。

馬車を降りて開口一番、ルイーザは叫んだ。

「フレッチャー！　それに皆も！　どうしてここに？」

「ええと、それは……」

答えあぐねるフレッチャーに、トレバーが助け舟を出す。

「フレデリック殿下の差し金だな？」

トレバーがやれやれといった笑みを浮かべるので、フレッチャーはほっとしたように顔を綻ばせて答えた。

「はい。フレデリック殿下より頂戴いたしました内密のご下命《かめい》に従い、ガスコイン侯爵に連絡を入れさせていただきました」

「ほう？　それで今回の件は、どこまでが殿下の指図で、どこからがおまえと父の策略だったんだ？」

トレバーから笑顔で圧をかけられ、フレッチャーは柔和な笑みのまま固まる。今度はルイーザが助け舟を出した。

「もう！　そんなことどうでもいいじゃない」

「でも、いきなり連れてこられて怖い思いをしたんじゃないかい？」

「したけど、そのことは本当にどうでもいいの。だって、そのおかげで和解できたんじゃない。『終わり良ければ総て良し』よ」

腰に手を当て胸を張って言えば、トレバーはちょっと残念そうに微笑んだ。

「ルイーザがそれでいいっていうなら。私としては責任の所在を明らかにして、君に怖い思いをさせた報いを受けさせたいと思うんだけどね」

「報いって言葉がさらっと出てきてコワい」

「こっ、コワい!?」

仰け反ってショックのポーズを取るトレバーを放っておいて、ルイーザはフレッチャーに話しかける。

「古い邸宅だって聞いてるけど、どのくらい手を入れなければならないのかしら？　いつになったら住める？」

「今日からでも大丈夫でございますよ。古いといっても建物自体はしっかりしておりましたので、古くなっていた内装を奥様と旦那様の好みに合わせて取り替えました。いつもお任せいただいていたのでわたくしどもで勝手に進めてしまいましたが、よろしかったでしょうか？」

「もちろんよ。あなたたちのセンスを信頼しているわ」

「ありがたき幸せ。では早速中をご覧ください」

フレッチャーの案内で邸宅の中に入っていくと、ショックから醒めたトレバーが「待って！　私も行く！」と言って追いかけてきた。


その日アパートメントに帰宅したルイーザとトレバーは、イーストンの家族に新居の用意ができたと報告し、翌日には引っ越しを終えた。元々アパートメントには旅行用の少ない荷物しか持ち込んでいなかったし、その他の荷物はフレッチャーたちが管理していたので別邸にとっくに運び込まれていたからだ。

というわけで引っ越しはすぐに終わったけれど、その日から成人となる誕生日に向けて多忙を極めることとなった。任せられることは全部お任せにしても、ルイーザ自身がやらなければならないことはたくさんある。

その中でも大変なのが語学の復習だった。夫は外交官、義父は外務大臣ということもあって、誕生日パーティーには各国の外交官も招待する。ルイーザは覚えがいいほうではあるが、ずっと覚えていられるわけではない。定期的に手紙のやり取りはしているけれど、もう何年も口にしていない言語もある。しかも以前のように滞在している国の言語だけに集中するのではなく、同時に何か国語も覚え直さなければならないため、時々こんがらがってしまう。

そんな日々の中、ある考えがルイーザの心に不安の影を落としていた。

疲れているはずなのに寝付けないある夜、ルイーザは三階の自分の寝室からバルコニーに出た。夜空に月はなかったが、数多《あまた》の星が空いっぱいに瞬き、目が慣れてきたら少し離れた場所もうっすらと見えるようになってくる。

ルイーザは右隣のバルコニーに目を向けた。夫婦の寝室から出入りできるバルコニーだ。その向こうにはトレバーの寝室のバルコニーがある。三つのバルコニーは繋がっていないけれど、寝室は扉で繋がっていて、廊下に出なくても行き来できる。アパートメントでは廊下でしか行き来できない別個の部屋を使っていたから、別邸に引っ越してきた途端妻としての部屋をあてがわれたことで、ルイーザは動揺していた。

ルイーザは頭を抱え、心の中で叫ぶ。

（もうすぐ成人だから当然といえば当然だけど……！）

帰国直前の夜会の場で、トレバーはルイーザが成人するのを待っているというようなことを言っていた。

（じゃあ成人したら〝する〟ってこと？）

〝する〟というのは、もちろん夜の夫婦生活のことだ。それを思うと、ルイーザは頭を掻きむしりたくなるくらい焦る。

六年もの時間があったのに、心の準備が全然できていない。そもそも心の準備なんてできるものなのだろうか。知識として知っているだけで実際のことは何も知らないのに。

（それに……）

落ち着きを取り戻したルイーザは、もう一度トレバーの寝室のほうを見た。

カーテンが閉まっているのか、中の様子は窺い知れない。部屋の主がいるのかいないのかさえわからない。

最近、以前にも増してトレバーは忙しそうだった。朝は朝食の時間より早く出ていって、帰りは夜半を過ぎることもざらにある。外交官としての務めも侯爵家嫡男としての務めもあるのはわかっているが。

（避けられている気がするのはわたしの気のせい？）

思い出すのは、トレバーの同僚でロリコンの男の言葉。

――ロリコンとは、十代前半から成人直前までの少女にしか恋愛感情を抱けない性癖を指した言葉だよ。

トレバーがロリコンならば、彼はもうすぐルイーザへの興味を失うはずだ。もしかすると、既にルイーザと結婚したことを後悔しているから避けているのかもしれない。

「どうしたんだい？　こんな夜遅くにバルコニーにいたりして」

低く響きのいいトレバーの声が聞こえてきて、ルイーザは物思いから醒めた。右のほうを向けば、トレバーのバルコニーに、夜会服に身を包んだ彼が出てくるところだった。

「この寒空の下でそんな薄着でいたら、風邪を引いてしまうよ？」

手すりの際《きわ》まで来たトレバーは、いつものように心配そうに気遣ってくれる。

その優しさが、今は胸に痛い。

「夜会に行ってたのね」

ぽつりと漏らせば、トレバーは申し訳なさそうに白状する。

「うん、そうなんだ。出先で急に誘われてね。その、君はまだ未成年だから……」

「わかってるわよ。今までが特別だったというだけで、まだ社交界に出ちゃいけない年齢だってことくらい」

ルイーザは不貞腐れて言う。機嫌が悪いのは夜会に連れていってもらえなかったからではない。夜会に行っていることを隠されていたせいだ。

口調からルイーザの機嫌の悪さが伝わったのだろう。トレバーはあたふた言い訳した。

「いやルイーザ、君は社交界に相応しい立派な貴婦人だよ。ただ世の中にはくだらない基準でしか物を見られない輩が多くいてね」

疑いすぎだろうか。トレバーのそんな様子もお芝居のように見える。何か疚《やま》しいことを隠すための。

（心の中で疑ってないで、直接聞けばいいじゃないの）

そう思うのに、どうしても勇気が出ない。

その代わりに口を衝いて出たのは、か細い呟きだった。

「……わたし、侯爵家の人間としてお披露目されていいのかな？」

距離があるし小さな声だったから聞き取れなかったのだろう。トレバーは「え？」と聞き返してくる。それを振り切るように、ルイーザは「何でもない！　おやすみなさい！」と声を上げ、逃げるように寝室に戻った。

不安を抱えたまま迎えた誕生日当日。

早朝起き抜けから身支度と並行して今日のスケジュールの再確認、予定変更の報告を受ける。忙しいはずなのに考える時間だけはあって、ルイーザは何度も物思いに耽ってしまう。

（とうとう切り出せなかった……）

トレバーがルイーザとの結婚を後悔しているのなら、お披露目の前に離婚すべきだった。けれど、夜のバルコニーの翌日以降もトレバーは忙しくしていて、二人きりで話をする機会を一度も持てなかった。

（ううん。わたしがどうしてもと言えば時間を作ってくれたはずよ。なのに本当に「離婚しよう」って言われるのが怖くて……）

恩人であるトレバーの幸せを考えれば、彼の気持ちを確認すべきだったのに。

「大丈夫？」

黒の夜会服に身を包んだトレバーに心配そうに声をかけられ、純白のドレスに赤毛を上品に結い上げたルイーザははっと我に返った。

いけない。パーティーはもう始まってるんだった。

「大丈夫よ。準備が大変だったから、無事始まってちょっと気が緩んじゃったみたい。ここからが本番なのにね」

「そうだよ。でも長い夜になるから無理しないで。少しでも疲れたら、早めに休憩するんだよ？」

「わかったわ」

二人が今いるのは本邸の大広間。ルイーザがパーティーの主役なので、大きなシャンデリアやたくさんの金の装飾が煌めく豪華な大広間の中でも一番目立つ場所にいて、招待客たちから挨拶を受けることになっている。

夕焼けが少し空に残っているこの時間、来るのは比較的身分が低い招待客だ。自分より身分の高い招待客が先に到着していると失礼に当たるからだ。

姉のウェンディも、先程夫や夫の両親である男爵夫妻と一緒に挨拶に来てくれた。敏腕外交官でガスコイン侯爵の嫡男でもあるトレバーを前にして緊張してかちこちになっていたけれど、トレバーに慣れているウェンディが間を取り持ってなんとか会話が成立した。気弱だった姉がずいぶんと成長したものだ。幸せそうで、ルイーザも嬉しくなる。

ちなみに、ルイーザの両親はガスコイン侯爵夫妻に正面玄関へと連れていかれた。自分たちの娘のためのパーティーなのに、客として出席するのでは立場がないだろうと義理の両親が配慮してくれたのだが、両親としては立場がなくても構わないから目立つ場所に出ていくのは遠慮したかったことだろう。断りの言葉を幾つか挙げていたが押し切られてしまい、今頃ガスコイン侯爵夫妻の陰で顔に笑みを張り付けて立っているに違いない。あとで助けに行こうと、頭の中にメモ書きする。

夜会開始から一刻も過ぎると、身分の高い招待客も到着し始めた。

ルイーザが驚いたのは、ティングハストに今いるはずがないと思っていた客人たちがいたことだ。

「ルイーザさんの成人の誕生日をどうしてもお祝いしたくて、母国から来ちゃったわ」

「ありがとうございます。驚きました。いつティングハストにいらしたんですか？」

相手の母国語で話しかけられ、ルイーザも同じ言語でお礼を言う。

次々到着するのは、外交に同行したときに親しくなった各国の外交官夫妻たちだ。トレバーと同世代か、それ以上の年代だったが、皆ルイーザを可愛がり、友人と呼んでくれた。

「この間も手紙をくださったのに、来られるなんて書いてらっしゃらなかったじゃないですか」

「ふふふ。驚かせたかったのよ。ね？　ヴェレカー子爵」

隣にいるトレバーを見上げれば、彼は悪戯が成功したような笑顔でルイーザを見る。

「フレデリック王子殿下とヴェレカー子爵の尽力で国を跨いだ旅行をしやすくなったからね。おかげでお祝いに駆け付けることができたよ」

ティングハストの言葉を話せる人もいるはずなのに、何故か皆母国語を使う。全員ルイーザとトレバーの友人だけれど、お互いはほぼ初対面。友人たちを紹介するのに、ルイーザは幾つもの言語を使いこなさなくてはならない。

（このために語学の復習をするよう言われたのね）

仲良くなってくれた人たちと、言葉に困らず会話できるのは楽しい。途中から母国語以外の言葉で話す人も出てきて、誰にどの言語で返事をしたらいいか、訳がわからなくなってくる。言語を間違えてしまって、しまったと口を押さえると、周りにいる人たちみんなに笑顔が弾けた。

友人の一人が、急にティングハストの言葉で話し始める。

「今日の主役をわたしたちだけで囲んでいてはいけないわ。他の方々に場所を譲りましょう。ルイーザ、あとでまたお話しできたら嬉しいわ」

今日のスケジュール的に「はい」と答えていいものか迷ったルイーザに代わり、ずっと黙っていたトレバーが返事をする。

「挨拶が一通り済みましたら、場を設けます。それまで今宵の夜会をごゆるりとお楽しみください。案内の者も用意しておりますので、ご希望の方々にはお付けいたしましょう」

トレバーが示したほうを見てみれば、そこにはフレッチャー率いる別邸の使用人たちがいる。ルイーザ同様行く先々でその国の言葉を覚えてきた者たちなので、ティングハストの言葉を知らない客人の案内にうってつけだ。フレッチャーの先導で、外交官夫妻たちはこの場から離れていく。

すると今度はティングハストの貴族たちに取り囲まれた。

「ルイーザさんが何か国語も話せるというのは本当だったのですね」

「今の方々は、諸国を回っていらしたときに親しくなった方々ですか？」

質問攻めにされて困っていると、トレバーが全員にまとめて返事をしてくれる。

「そうです。あの方々は各国の外交官夫妻で、語学が堪能で人柄の良いルイーザを気に入って、今も親しく手紙のやり取りをしてくださり、成人となる誕生日の夜会ということで招待状をお送りしたら駆け付けてくださったのです」

あちこちから「おお」とか「まあ」とか感嘆の声が上がる。

それまでは身内以外からは上辺だけのお祝いしか言われなかったのに、その後は熱心にお祝いを言ってくれる人ばかりになった。いろんな国の言葉が話せて、各国の外交官夫妻と仲がいいルイーザは、繋がりを持っておいて損はない人物という認識になったらしい。

そんなだから、挨拶に来る人来る人似たような話しかしない。そうなると、ついついよそ事を考えてしまう。ルイーザは顔に笑みを張り付けて、昼間に交わしたある会話を思い返していた。

今日の昼間は、ガスコイン侯爵家の本邸で親戚を集めたガーデンパーティーがあった。侯爵家の一員となったルイーザを、メインイベントとなる夜会の前に親戚中に紹介するためだ。

そんな身内の集まりに、ルイーザの家族も招待された。弟妹は夜会に出られないから、昼餐会でも誕生日を祝おうと義父と義母が言ってくれたのだ。侯爵家にも未成年がいて、ベテランの子守りもいるから、夜会が終わるまで預かってくれることになっている。

昼餐会の途中、トレバーの同僚であるデイルがトレバーに用があると言って訪ねてきて、ルイーザも家族との手紙や荷物のやり取りでお世話になっていたことから、話の流れで昼餐会に招待することになった。トレバーとルイーザが一緒になって、十代の少女たちをデイルから遠ざけるよう本邸の使用人に頼んだので、デイルはひどくがっかりしていたが。

ガーデンパーティーは立食式だったため、トレバーから離れデイルと二人で話をする機会があった。

——昔、ウチの姉をナンパしてたと思うけど、未練はないの？

——彼女はとっくに僕の好みの範疇外さ。

——ブレのないロリコンっぷりがいっそ清々《すがすが》しいわ。でも犯罪者の仲間入りしそうな気配を感じたら容赦しないからね。あ、そうそう。そういえば、トレバーはロリコンじゃなかったわよ。わたしが今日を迎えても態度がまったく変わらなかったもの。

——いやいや。ロリコンにはいろんなパターンがあってね。十八歳まで許容範囲ってヤツもいるのさ。

——不吉なこと言わないでよ！

——あはは。冗談冗談。でももし離婚ってことになったら、再婚先は無理でも家庭教師の口なら見付けてあげられるよ。

そんな話を聞いたからこそ、トレバーに意思確認をしなくてはと思ったのに。

ルイーザは心の中で自分を罵る。

(わたしの意気地なし)

「ルイーザ?」

トレバーの心配そうな声に、はっと我に返る。

「やっぱり元気ないよ。休憩する?　それとも別邸に引き揚げる?」

(主役が大勢の招待客を置いて帰るってこと?　いやいやいや。それはダメでしょ)

トレバーの心配顔の前で、ルイーザは両手を小さく振る。

「本当に大丈夫。挨拶がまだできてない方々もいらっしゃるし、遠路はるばる来てくれたお友達ともおしゃべりしたいし、あ!　その前に両親を助けに行かなきゃ!」

うっかり忘れていたことに気付いて大きな声を出してしまう。慌てて口を押さえれば、トレバーはほっとしたように笑み崩れた。

「お義父さんとお義母さんはああいうこと苦手そうだしね。よし。とっとと挨拶を終わらせて助けに行こう」

ルイーザの耳元に唇を寄せて小声で言う。ルイーザは軽く睨み付けて窘《たしな》めた。

「『とっとと』っていうのは失礼でしょうが」

「ははは。まあまあ」

間近に人がいなかったのと小さな声だったため、周りの人には聞こえなかった。ただ、じゃれ合うような仲の良い二人の様子を、何人かの招待客が微笑ましげに見つめていた。

一通り挨拶が済んだところで、ルイーザは両親を助けに正面玄関へと向かった。当たり前と言えば当たり前だが、入ってくる客はすでに途絶え、両親は正面玄関脇の応接室でぐったりソファに沈み込んでいた。

「お疲れ様。お客様のお出迎えをありがとう」

ルイーザが声をかけると、両親は疲れた笑みをルイーザに向けてくる。そんな両親に微笑み返してから、室内で控えていたメイドに声をかけた。

「わたしにもお茶をちょうだい。両親のお茶も入れ替えて」

「かしこまりました」

それからルイーザは空いているソファに座る。けれど両親にじっと見つめられているのに気付いて、首を傾げた。

「何？」

母がハンカチを取り出し目元を拭った。

「おてんば娘だったあなたがこんなに立派に育って……」

「な、何泣いてるのよ。改まって言うことじゃないじゃない」

ルイーザは照れくさくて口答えしてしまう。そこに父も話しかけてきた。

「いや、おまえが大人になった今日くらいしか言えないからな。私も今までは子供を親戚に預けているという感覚だったが、ようやくおまえを嫁に出したという実感が湧いてきたよ。新居に落ち着いたことだし、トレバーと幸せにな」

「やだ。やめてよそういうこと言うの」

ルイーザもうるっときてしまい、それを隠そうと瞬きを多くする。

配られたお茶で喉を潤していると、所用で離れていたトレバーが戻ってきて、ルイーザを外交官夫妻たちが集まっている大広間の一角へ連れていった。

そこには長ソファや椅子がたくさん並べられていて、ルイーザたちが近付くと「主役はここ」と中心のソファに座らされる。

「さっきまで何のお話をなさってたんですか？」

「もちろんルイーザさんたちの話よ。面白い話が幾つか聞けたわ」

「お恥ずかしい話をお耳に入れてしまったような気がして、なんだか怖いです」

「それは私も聞きたかったな」

「トレバーってばもう！」

思わず素を出し、皆に笑われてしまう。

席も温まらないうちに、トレバーは使用人に耳打ちされて席を外した。両親のところへ向かう途中でも、耳打ちされてルイーザから離れていったけれど、ちらりと見た横顔は怒っているみたいで、知らないところで何かが起こっているのではと不安になる。

戻ってきたら今度こそ問い詰めてやろうと心の中で決意を固めていたら、笑いをこらえたお友達たちから思ってもみなかった話を聞かされることとなる。


他にもたくさんの招待客と交流しているうちに、時間はあっという間に過ぎた。

ルイーザは今、トレバーと一緒に別邸にいた。今宵の夜会のクライマックスはこれからだというのに、義父と義母に「二人きりで楽しみなさい」と言われて帰されてしまった。

今いるのは別邸の西側に窓のある部屋で、窓の向こうには下からの明かりでうっすら浮かび上がった本邸が小さく見える。

飲み物や軽食を運んできたメイドが退室し二人きりになったので、ルイーザはようやく切り出した。

「わたしのために各国のお友達を呼んでくれたんだってね」

ガラス窓に映るルイーザの隣に、にこにこ顔のトレバーが並ぶ。

「うん。喜んでくれた？」

「嬉しかったけど、そうじゃなくて。あなたの妻として侮《あなど》られているわたしを守るために招待したって聞いたわ」

ガラス窓に映るトレバーの顔に動揺が走る。振りあおぎ直接彼の顔を見ると、トレバーは観念したように項垂れた。

「内緒にしてってお願いしたのになぁ……」

「何も知らないほうがよっぽどかわたしの立場がないじゃない。だからお友達が皆で教えてくれたの。わたしに敵意を持っている人から聞かされてたら、まともに対処できなくて恥をかいていたところだわ」

トレバーは窓にこつんと額を当てた。

「……ごめん。こんなことに巻き込んで」

「黙ってたことは謝ってほしいけど、それ以外で謝ることないわ。あなたは悪くないじゃない。ご両親と和解したと聞いて、あなたが離婚したからだって決めつけた人たちが悪いのよ。今日のための準備の最中にずっと忙しくしてたのは、舞い込んでくる縁談を断って、離婚してないって触れ回るためだったんですってね。なかなか信じてもらえなかったって聞いたわよ。わたしと一緒に行けば、話は簡単だったでしょうに」

呆れて溜息をつくと、トレバーは申し訳なさそうな笑みを向けてきた。

「私が出向いていたのは社交場だよ？　国外では予期せぬ形で社交界に出ることになってしまったけれど、母国ではきちんと手順を踏んで社交界デビューさせてあげたかったんだ。それに君を連れていけば、君を矢面《やおもて》に立たせることになる。今までだって君が嫌な思いをするのを防ぎ切れていなかったのに、これ以上傷付けたくなかったんだ」

「いやね。安心してよ。今までだって面倒だとかうんざりだとか思ったりしたけれど、傷付いたことなんてなかったわ」

「……それはそれで私が傷付くんだけど」

トレバーが横を向いて呟いた言葉が小さくて、ルイーザの耳にはほとんど届かない。

「何か言った？」

「ううん、なんでも」

トレバーがにこにこしてそう答えるので、気になったけれどルイーザは話を続けることにする。

「お友達を呼んでくれたのも、わたしが各国の要人とお友達だっていうことと語学に堪能なところを見せつけるためだったっていうじゃない？　皆が来てくれるまでは〝ガスコイン侯爵家を立ててるだけだ〟って丸わかりの態度だった招待客たちがころっと態度を変えて。自分でも性格悪いなって思うけど、胸がすっとしたわ」

胸を張って言ってやれば、トレバーはようやく明るい笑顔を取り戻した。口元に拳を添え、笑い声をこらえて言う。

「性格悪いなんてことないよ。頼もしい限りだ」

「笑われるのは不本意だけど、まあともかく。わたし強いのよ？　わたしが出ていけば簡単に済むことくらい」

ドーン。

ルイーザの台詞と外の大きな音が重なって、ルイーザとトレバーは一緒に目をぱちくりさせる。窓の外を見れば、カラフルな光が空からぱらぱらと落ちてくるところだった。そこにまた一つ火の玉が上がってきて、大きな音と共に夜闇に大輪の花を咲かせる。

「——と任せてちょうだいよ」

ルイーザは呆けて残りの台詞を口にした。花火が上がるとは知っていたけれど、タイミングが良すぎる。

笑いが込み上げてきて、トレバーと同時に声を上げて笑った。

「せ、せっかくの花火なんだから、観ないともったいないよ」

「そう言うトレバーこそっ」

お腹を抱えて笑いながら、二人して窓の外を見上げる。

ガスコイン侯爵家は裕福だけれど、さすがに一発上げるごとに大金が吹っ飛ぶ花火を大量には打ち上げられない。それでも十数発が初冬の夜空を彩り、今宵のクライマックスである花火の打ち上げは終了した。

静けさが戻ってくると、笑いも収まってくる。

「……笑ってるうちに終わっちゃったね」

「……そうね」

笑いに顔を引きつらせながらトレバーに目を向けたそのとき、ルイーザは驚いて目を見開いた。部屋の奥の暖炉の火にちろちろと照らされたトレバーの顔に、今まで見たことのない熱っぽい何かが宿っているのに気付いたからだ。

ルイーザはにわかに緊張し、心臓をどきどきと高鳴らせた。

これはどういう状況なのか、経験のほとんどないルイーザでもなんとなくわかる。

（キス、するんだわ……）

正直、自分の賞味期限が切れるかどうかに気を取られていて、大人になったら夫婦生活が始まるかどうかのほうは、ここ最近すっかり頭から抜け落ちていた。

（えぇっと、えぇっと、どうしたら……）

ルイーザは内心おろおろしながらひとまず目を閉じる。

それがいけなかったのかもしれない。ショールで覆っただけの肩に、不意に大きな手のひらの重みと熱さを感じて、緊張してカチコチになっていたルイーザは思わず大きく身体を震わせてしまった。

手のひらは勢いよく引っ込められ、静寂の中にトレバーの声が小さく響く。

「――もう遅い時間だし、寝ようか」

トレバーが拒絶されたと取ったのは一目瞭然だった。

「あのっ！」

ルイーザの言葉を遮るように、トレバーは明るく言う。

「すまないけど、先に行かせてもらうね。君も早く寝るんだよ」

トレバーは早足で部屋を横切って出ていってしまう。

ぱたんと静かに扉が閉まったとき、ルイーザは取り返しのつかない失態を犯してしまったと悟った。


(わたしのバカ！　バカバカバカ！)

寝支度を調えベッドに入ったルイーザは、うつ伏せになり、頭に枕を被せてじたばたした。

せっかくトレバーが距離を縮めようとしてくれたのに、そのチャンスをフイにしてしまうなんて大バカもいいところだ。

(だってしょうがないじゃない！　ああいうことに慣れてないんだから！)

十一歳で結婚し、その特殊な事情のせいでまともな恋愛経験がないばかりか、相談できる相手もいないのだ。

(みんなどーやって夫と距離を縮めてるの!?　誤解させて夫が離れていっちゃったときはどーすればいいの!?)

どんなに考えたところで、ルイーザの乏しい経験から答えを得ることは不可能だ。

考えて考えて考えた末に、単純明快な答えを見出した。

（よし！　明日謝ろう！）

悪いことをしたと思ったら謝る。実にシンプルな解決方法だ。

するべきことが決まったことでひとまず落ち着いたルイーザは、明日の謝罪に備えて就寝する。


が。


「おっはよー！　愛しの我が妻ルイーザよ！」

いつもより元気一杯なふざけた態度のトレバーに、ルイーザはたじろぐ。

「今朝の気分はどうだい？」

「え……ええ、悪くないわ。そう言うあなたはゴキゲンね？」

「その通り！　件《くだん》の外務大臣が、長年の任務を労って長期休暇をくれてね！」

「件の外務大臣って、お義父様のことじゃない」

呆れたルイーザのツッコミを無視して、トレバーはテンション高く大手《おおで》を振って話を続ける。

「実は昨日からお休みなのさ！　せっかくのお休みだ、君はどこへ行きたい？　動物園？

植物園？　郊外の丘へピクニックに行ってもいい」

「この寒空の下でピクニック？」

「おおっと失言！　じゃあウィンドウショッピングなんてどうだい？　他の国ではよく行っていたのに、ティングハスト王国ではろくに買い物に出てないだろう？」

謝らなければと思うけれど、トレバーのテンションが高すぎるせいか、謝るタイミングを摑めない。

「……そうね。ある程度流行を知っておかなきゃ、社交でバカにされるから」

他国でウィンドウショッピングによく出掛けていたのは、煩わしい社交を必要とせず簡単に流行を知ることができたからだ。社交界で談笑する相手から情報を得てもいいけれど、基本の基本を理解していなければ話についていくことさえできない。

「よし決まった！　そうしたら街のカフェテリアで朝食をとらないかい？　きっとおしゃれだよ！」

トレバーがアホなことを言うので、ルイーザのこめかみがずきずき痛み始める。そこを指で押さえて、別の提案をした。

「今度にしましょう。今日はもう用意されてるじゃない。食べなくちゃもったいないわ」

「うんそうだね。しっかり者の妻を持てて私は幸せ者だよ。さあ席に着いて朝食にしようか」

いつものようにエスコートされ、ルイーザは拍子抜けした。

昨夜距離を縮めようとしてくれたのは気のせいだったのだろうか。

そう思うと寝しなに悶々と悩んだのが無駄だった気がして腹が立ってくる。

（わたしが成人したら手を出すんじゃなかったの？）

成人しても夫婦生活を始めないのなら、いつ子作りを始めるというのか。次期侯爵であるトレバーには継嗣《けいし》が必要なはずなのに。

（トレバーは、わたしと子供を作る気がないのかもしれない……）

ルイーザを恋愛対象として見られなくなっているのなら、夫婦生活を行うのは苦痛だろう。

でもいずれ侯爵になるトレバーの妻ならば外交任務の補佐より継嗣を生む役目のほうが重要だ。いくら外交で役に立っても、継嗣を生めないでいるルイーザは妻として失格。今は優しい義理の両親だって失望して、申し訳なさそうに離縁を要求してくるかもしれない。

トレバーの外交任務はお休みでも、社交シーズンはむしろたけなわだった。トレバーは隙間なくスケジュールを埋めるかのように予定を入れ、ルイーザを連れていっては愛しの妻最愛の妻と呼んで周りの人たちに愛していますアピールをする。

（周囲に触れ回ることで、自分自身にも言い聞かせてるみたい……）

そこまでしなければ愛しているふりをするのが難しいのだろうか。そう思うと、気分がどんどん落ち込んでいく。要するに失恋だから、落ち込むのも当然か。

でも社交の場で沈んだ顔をしたら、あっという間に噂の餌食だ。ルイーザは胸の内で沈んで、表ではにこにこと人の話を聞く。

「そうそう。ルイーザさんは長らく外国暮らしをなさっていたからご存じないかもしれないけれど、ティングハストの社交界には、結婚していようが婚約者がいようが構わず誘惑して回る女性がいるの。まあ、ヴェレカー子爵の愛妻家ぶりからして、ルイーザさんが心配する必要はないでしょうけど」

周りの夫人たちにころころと笑われて、ルイーザは俯き恥じらってみせながら心の中で皮肉る。

(皆さんが思っているのとは別の理由で、心配する必要はないでしょうね)

未成年しか愛せないトレバーの好みに合う女性が社交界にいるはずがない。

そうこうしているうちに年が明け、一月も半分過ぎ去ってしまった。

相変わらず、トレバーはルイーザに閨《ねや》の務めを求めてくる様子がない。

(そろそろ離婚の準備を始めよう)

そう決意したルイーザは、夜会でデイル・スウィーニを見付けると、トレバーが離れた隙に、柱の陰に彼を引っ張っていく。

「責任取ってわたしに仕事の口を見付けてきてちょうだい」

「何の責任⁉」

びっくりした声を上げるデイルに向けて人差し指を唇に当て「しー」とやってから、ルイーザは声を潜める。

「あなた、前に家庭教師の口なら見付けられるって言ってたじゃない」

「どうして仕事の口が必要なのさ？」

「お払い箱にされる前に、こっちから離婚を切り出して独り立ちするためよ」

「何の話？」

今聞くとは思ってもいなかった低く心地好く響く声に、ルイーザはびくっと固まった。

デイルは「何も頼まれてないから！」と余計なことを言ってあたふたと去っていく。

その場に取り残されたルイーザは、笑顔なのに恐ろしいトレバーの形相を見て、柱に背をへばりつけて身動きできなくなっていた。

「どうやらじっくり話をする必要がありそうだね？」

トレバーはルイーザの顔を覗き込んで、ラピスラズリの瞳を妖しく煌めかせた。

妻の具合が悪くなったからと主催者に謝罪をして、始まったばかりの夜会会場からトレバーはルイーザを伴い帰宅した。

馬車に乗っている最中も、別邸に到着して階段を上がる間も、ルイーザは沈黙を強いられた。

「今は黙ってて。話し合いを始めたら私が何をしでかすか、自分でもわからない」

と言われて。

（こっ、怖い……）

ルイーザはカタカタ小さく震えながらトレバーに従う。

連れ込まれたのは、三階にある夫婦共用のリビングだった。白い壁に飴《あめ》色の家具、臙脂《えんじ》の色のカーテンに藍《あい》色の絨毯《じゅうたん》といった、落ち着いた色調の部屋だ。

トレバーは部屋の中央にある臙脂色のビロードが張られたソファを示してルイーザに言う。

「座って」

穏やかで低く耳心地の好い声だけど、この落ち着きが怖い。こんなトレバーを見るくらいなら、いつものふざけた彼のほうが良かった。

怒らせてしまったことだけはわかってる。でも、何に怒っているのかはよくわからない。

（デイル・スウィーニ卿《きょう》と内緒話をしたのが気に食わないから？　それともわたしから離縁を切り出されるのが気に食わなくて？）

斜め向かいの一人掛けソファに、トレバーがどさりと腰を下ろす。

「あとでまた呼ぶが、今は皆下がってくれ」

室内に控えていたフレッチャーたちへの静かな命令に、ルイーザはびくっと身体を強張らせる。

（お願い、フレッチャー。こんなに怖いトレバーと二人きりにしないで！）

しかし心の声は聞き届けられることなく、ルイーザよりトレバーに忠実な家令であるフレッチャーは、心配そうな顔色をちらりと見せながらも、丁寧な一礼をしてこう答える。

「かしこまりました」

ルイーザが未成年のうちなら庇ってくれたかもしれないが、もう成人したし、それ以前から二人は夫婦だ。夫婦の問題には口を挟むまいという判断が窺い知れる。あとは、トレバーがルイーザを傷付けるはずがないと信用しているからか。

（そうかもしれないけど、怖いものは怖いのよ～）

心の中で泣いているうちにフレッチャーが出ていき、扉がぱたんと閉じられる。

しばし静寂が流れた。

せっかちでじっとしているのが苦手なルイーザが沈黙を耐えがたく思い始めた頃、トレバーが足を組み替えておもむろに口を開いた。

「……それで、誰が誰に、どうしてお払い箱にされると思ったのか、聞かせてもらえるかな？」

ルイーザは両膝に拳を置いて俯いた。

(わかってる。全部わたしの想像に過ぎないわ)

その想像は状況や集めた情報を基にルイーザが導き出したもので、何一つとしてトレバーに直接確かめたことはない。

(でも、想像するしかなかったのはトレバーのせいじゃないの)

ルイーザが成人したのに手を出さず、継嗣をはじめ将来の話をしたこともない。女でまだ若いルイーザからは尋ねにくいことばかり。ましてや離婚のことなんて聞けるわけがなかった。トレバーを愛してしまったから。

(でももう終わりにする)

ルイーザは顔を上げると、自らに刃《やいば》を突きつける思いで返事を口にした。

「わたしはあなたの好みから外れたんでしょう?　まだぎりぎり引っかかってるかもしれないけど、前より興味が薄れてる。違う?」

「は?」

トレバーはあっけに取られた顔をして、まじまじとルイーザを見る。

(すっとぼけるつもり?)

ルイーザは腹が立って、思っていたことをぶちまけた。

「だからわたしを本当の妻にする気になれないんでしょ!?　成人するのを待ってるのかと

思ってたのに、誕生日過ぎても手を出してこないし！」

トレバーは我に返ったようにはっとして、慌てて言い訳をした。

「待った！　それは違う！　君はまだ心の準備ができていないと思って、それで」

「わたしがびくってしちゃったのは悪かったと思うけど、翌朝謝らせてくれなかったじゃない！」

ルイーザが畳みかけるように言い返した途端、トレバーは背中を丸めて乙女のように膝をぴったり合わせた。

「何？　どうしたの？」

不思議に思って尋ねると、ややあってから苦しげな声で返事がある。

「――ちょっと待って」

心配になって言われた通り待っていたら、少し時間が経ってからトレバーは深く溜息をついた。

「君の口から『びくっ』て言うの、刺激強すぎるからヤメて……」

「は？　『刺激』？」

「うっ、それもダメ……股間にダイレクトにきた……」

また前屈みになって呻くトレバーを見て状況を察し、ルイーザは顔を真っ赤にして絶句する。

(『びくっ』て言っただけなのにどうしてそうなるの!?)

でもこれでわかった。トレバーはルイーザを異性として意識していないわけではないと。

(こっ、こんなときどうしたら……!)

ルイーザは恥ずかしくなって真下を向く。彼の顔をまったく見ることができない。

しばらく経って、トレバーはまた深く溜息をついた。

「これで、君に興味がないわけじゃないことをわかってもらえたかな?」

ルイーザは顔を上げないまま、こくこくと頷く。

(でも)

「確かロリコンには、十八歳まで許容範囲な人もいるって」

「誰が君にそんな話をしたの? 聞くまでもなく、スウィーニのヤツだと思うけど」

穏やかな口調だけれど、そこはかとない怒りを感じ、ルイーザは身を縮こまらせながらおずおずと答えた。

「そうだけど……」

「——あの野郎、ぶっ殺す」

ルイーザは顔を上げぽかんとした。トレバーは膝に肘をついて頭を抱えている。

ぶっ殺すなんて、物騒な言葉がトレバーの口から出るとは思わなかった。本気ではないだろうけど。

恐る恐る様子を窺っていると、ルイーザの視線に気付いたのだろう。トレバーがちょっと顔を上げて困ったように笑う。

「ロリコンはあいつ――いや、それはどうでもよくて。私はロリコンではないよ。愛した人がたまたま二十四歳も年下だっただけだ」

ルイーザはその言葉を素直に受け取れなかった。

(だってそんなことある？　親子ほども年の違う相手に恋をするなんて)

「あの……本当にわたしのことが好きなの……？」

おずおずと尋ねてみれば、トレバーから噛みつくような返事があった。

「そうだよ！　なんで私がフレデリック殿下に嫉妬していたかわからないの!?」

ダウリング王国で最後に出席した夜会の帰り、フレデリックから同じ質問を投げかけられたのを思い出す。なんだかんだあってすっかり忘れていた。そんなだから、何故トレバーからそんなことを聞かれるのかもわからない。

激昂したトレバーを宥めるように、ルイーザはぎこちない笑みを作って話しかける。

「嫉妬する必要なんてないじゃない。殿下には一途に愛している方がいらっしゃるんだし」

「ああ。殿下の心変わりは心配してなかったさ。けれど、君はどう？　一つ年下とはいえ私よりずっと年が近くて、見た目も良くて、私より優秀な男だ。そんな男が身近にいて、好きにならずにいられるかい？」

トレバーより優秀かどうかはわからないけれど、綺麗だなぁと思ってついつい見入ってしまったことは何度かある。でもそれで好きになるかと言われれば、まったくの別問題で。そもそも、フレデリックはルイーザの恋愛対象になりようがない。

「いやだ。そもそも殿下は――」

ルイーザは苦笑して説明しようとしたけれど、それを先回りされる。

「君が言いたいことはわかる。『王子である殿下と男爵令嬢である自分では身分が違いすぎる』。そうだろう？　でも恋する気持ちなんて誰にもコントロールできない。身分も年齢も関係なく、好きになってしまったらもうどうしようもないんだよ！」

トレバーの叫びが、ルイーザの胸に突き刺さる。

（わたしが殿下を好きになる可能性を言ってるだけじゃない。トレバーがわたしを好きになってしまったことについても話してるんだわ）

誰にでも嬉しそうにルイーザを妻だと紹介しているから、何の葛藤《かっとう》もないと思っていた。そもそも政略結婚で、ロリコンのトレバーはルイーザというお人形で着せ替えごっこをするだけで満足していると決めつけていたし。

トレバーがロリコンでないのなら、子供のルイーザを好きになってしまったことにどれほどの葛藤をしただろう。あけっぴろげに好きと言えるようになるまで、どのくらい苦しんだろう。それらを推し量ることは難しい。でもルイーザが今できることが一つだけある。

「ごめんなさい。わたしずっと、トレバーがそういう意味で好きになってくれてることに気付いてなかったわ」

「…………うん。私もそのことには気付いてた」

頭を抱えたままのトレバーからややあって返ってきた言葉に、ルイーザは気まずい思いをする。

何も話さないのが居たたまれなくなって、ルイーザは話を本題に戻すことにした。

「その……わたしのことが好きなら、もうちょっと夫婦らしいことしなくていいの？」

遠慮がちに切り出せば、トレバーはいきなり天井を向いて顔の中央を押さえた。唐突なその動きに、ルイーザは身体を縮こまらせて驚く。

「え!?　どうしたの？？？」

「……鼻血が出そうになった」

「ええ!?　大丈夫？」

（なんで？？？）

頭の中をはてなマークでいっぱいにしながら、ルイーザはソファから腰を浮かせて心配する。トレバーは片手を上げてそれを止めた。

「私の理性を試さないでくれ」

「は？　『理性を試す』？　わたし何かした？」

言いがかりを付けられてはたまらない。ルイーザは両腕を胸の前で組んで詰問する。すると、ルイーザ相手にトレバーは初めてキレた。

「したじゃないか！　『夫婦らしいことしなくていいの？』って言って！　他にもさ！　アパートメントで私が寝室に行こうとしたらすがるような目をして私の上着を引っ張った り！　『本音は君が嘘八百と言ったほうだ』って言ったときには真っ赤になって照れて！　そういう反応をしてくれるなんて思ってもみなかったから、抱き上げて寝室に連れていきたい衝動をこらえるのに必死になったよ！」

ルイーザはあっけに取られて「ごめんなさい」と謝る。するとトレバーは落ち着きを取り戻した。

「すまない。君が謝るべきことではないんだ。私の理性が軟弱なだけで」

(軟弱っていう言葉に胸がきゅんとする日が来るとは思ってなかったわ)

頬を熱くし、ドレスの胸元をぎゅっと摑みながら、ルイーザはおずおずと提案する。

「……わたしはもう成人したし、別に理性が軟弱でもいいんじゃない？」

「――本気で言ってる？」

トレバーからちらりと向けられたのは、獰猛《どうもう》な獣のような目。

怖気《おじけ》づきそうな自分を叱咤して、ルイーザは強気で言う。

「もちろん」

そのくせ、伸びてくる手に肩をすぼめて目をぎゅっと閉じてしまう。結果、頬に触れそうだった指先の感触を感じることはなかった。

「やっぱりやめよう」

はっとして目を開ければ、トレバーは残念そうに微笑んでいた。

「好きになれば、相手のことが自然に欲しくなるものなんだよ。そういう意味で君はまだ準備が足りていない」

「……いつまでも準備が足りないままだったらどうするつもりなの？」

トレバーは肩をすくめてお道化て言った。

「そのときはそのときさ。私は紳士だからね。本能に負けて君を傷付けたくない」

トレバーの芝居がかった言動は、もしかすると本心を隠すためのものかもしれない。ルイーザは顔が赤くなるのを自覚しながらそう考える。

(だって、さっきの様子を見ちゃったらやせ我慢だってわかるもの)

トレバーからそういう対象として見られていたのには驚いたけれど、嫌な気はしない。むしろそうなりたいと思ってきた。でもどう言えばそのことを分かってもらえるのか、さっぱりわからない。

(わからないからって何も言わずにいたら、いつまで経っても先へは進めない)

　ルイーザは勇気を振り絞って言う。

「あ、あのね。わたしは傷付いたりしないから、その」

「無理することはないよ。――今日はもう遅い。寝よう」

　拒絶を感じ取って、ルイーザは愕然《がくぜん》とした。

　トレバーはテーブルの隅に置かれたベルに手を伸ばす。

　使用人を呼ばれたら二度とこの話はできない。そう直感したルイーザは、ベルを引っ摑んだ。音が鳴らないよう、みぞおちに押し付けるようにして握り込む。

　トレバーは困ったように手を差し出してきた。

「ルイーザ。無理したって何もいい結果を生まないよ？　さあ、それを渡して」

　子供を宥めるように話しかけられ、腹が立ってくる。そのくせルイーザは、子供のようにイヤイヤと首を振った。

「無理しなかったらどうやって本物の夫婦になれるっていうのよ!?　知らないことをするんだもの！　緊張するのは当たり前じゃない！」

　トレバーはびっくりしたように目を丸くする。恥ずかしいことを言ってしまったのに気付いて、ルイーザは泣きたくなった。目尻にじわりと滲む涙を瞬きでせき止め、胸の内を打ち明ける。

「一通り教わってはいるけど、具体的なことは何もわからないんだもん。変なことしちゃって、き、嫌われたらどうしようって思って……」

「ルイーザ……」

何に驚いたのか、トレバーの目が更に見開かれる。

「私に嫌われるのが嫌なのかい？」

問われて、自分が告白めいたことを言ってしまったのに気付く。ルイーザは顔を真っ赤にして逃げ出そうとしたけれど、それより早く隣に移動してきたトレバーに肩を抱かれて阻止された。

強い力ではない。振りほどこうと思えば振りほどける程度だ。でもルイーザは身動きが取れなくなった。夜会服越しにも感じる体温。男性にしては甘い香水の匂い。間近に聞こえる息遣い。

「ねえ答えて。私のことは好き？」

もうわかっているくせに、わざわざ聞き出そうとするなんて意地悪だ。

「答えてくれなきゃ、先には進めないよ」

ルイーザはブチ切れた。

「好きよ！　悪い!?　トレバーはふざけた変態のくせしてかっこよくて優しくて気がよく回るし、わたしが家族と会えるようにって高級アパートメントまでプレゼントしてくれるし、疲れてるくせにわたしを気遣って外に連れ出してくれたし、こっちは連座で処罰されるところから助けてもらう立場なんだからわたしのほうこそ頭を下げてお願いしなきゃいけなかったのに、なのに十一歳の子供相手に真面目にプロポーズしてくれたし！　そこまでしてもらってるのに好きにならないほうがおかしいわよ！」

思っていたことを全部吐き出して肩で息をしていると、トレバーが呆然としながらルイーザの頬に手を伸ばしてきた。

「――ルイーザ、キスしてもいいかい？」

意外と繊細な指先が頬に触れたとき、ルイーザはびくっとならないよう、身体にぐっと力を込めた。

「……いつも勝手にしてるじゃない」

「額とかじゃなくて、唇に」

「藪から棒に何を言うの！」

ルイーザは飛び上がりそうなほど驚いたのに、トレバーはこれ以上嬉しいことはないと言わんばかりに笑み崩れて、ルイーザを更にどぎまぎさせる。

「藪から棒じゃないよ。そんな熱烈な告白を聞いて、私が我慢できると思ったの？」

「ねつれ……っ!?　そっ、そんなつもりはっ！」

「君にそんなつもりがなかったのはわかっているよ。でも、私がずっと、十二年間ずっと待ち望んでいた言葉なんだ。嬉しすぎて理性が吹っ飛びそうだよ。お願いだ。私が正気を失う前にうんと言ってくれ」

懇願に押され、ルイーザはおずおずと頷く。

「う――――ん!?」

返事がちゃんとした言葉になる前に口が塞がれる。

トレバーの唇で。

予告されていたのに初めての口へのキスに驚いて、ルイーザは息を止めてしまう。いつも見ていた薄い唇からは想像もつかなかった柔らかさに気が動転する。無意識にすがるものを求めて、トレバーの夜会服の胸元に指を立てた。触れられた唇が予想外にじんと痺れて、何故か身体から力が抜けていく。

どれくらいそうしていただろう。

(苦しい……でも気持ちいい……)

意識が霞んできて、夜会服に立てていた指がずるりとすべり落ちる。そのとき、唐突にトレバーの唇が離れた。

「ルイーザ……！　息をして！」

すぐ側で叫ばれて頬を軽く叩かれ、ルイーザは呼吸を思い出す。胸を喘《あえ》がせ忙《せわ》しなく空気を貪《むさぼ》り、落ち着いてきたところで謝罪を聞いた。

「ごめん。夢中になりすぎてしまった。初めての君を気遣ってあげなければいけなかったのに」

心配そうに覗き込んでくるトレバーを、ルイーザはぼんやり見上げる。そのときになって、自分がソファに横たわっていることに気付いた。

トレバーが覆い被さっているような体勢に、ルイーザの胸は早鐘を打ち始める。

(まさかここで？　今から？)

予想に反し、トレバーは名残惜しそうな微笑みを浮かべてルイーザの身体を起こし、ソファに座り直させた。そうして身体ごと向かい合うようにして隣に座り、溜息まじりに言う。

「これ以上は理性が保ちそうにないな」

「だから」

理性を保つ必要はないと続けようとしたルイーザの唇に、トレバーは人差し指を当てる。

「何を言おうとしたか予想がつくけど、そういう言葉は慎重に使いなさい。何も知らないと言っていたのに安易に使えば、あとで後悔することになるよ？」

久しぶりに命令口調で諭され、どきんと胸が高鳴る。

(いつもはお伺いを立てるような言い方なのに、たまにこうして強く言われると、やっぱりずっと年上の男の人だって感じる)

若い男性にはない、成熟した男性の性を意識してしまい、ルイーザは照れて下を向く。

それをどう思ったのか、トレバーはこう言った。

「もう一度考える機会をあげよう。――寝支度を終えて、夫婦の寝室においで。やっぱり怖かったら来なくていいよ。でも、一度でも夫婦の寝室に足を踏み入れたら、私はもう我慢しない」

欲望を滲ませる声に、ルイーザは顔を真っ赤にしながらこくんと頷く。

「もう少し落ち着いたら私室に戻って。メイドたちには、寝支度の準備を調えて待っているよう伝えておくから」

トレバーは立ち上がると、ルイーザの頭をぽんと一撫でしてリビングから出ていく。閉じられた扉の向こうから、ぼそぼそと何かを言い交わす声が聞こえ、足音が遠ざかって静かになる。

トレバーの配慮がありがたかった。落ち着かなければとてもじゃないが人前には出られない。ルイーザは口を手で押さえて俯いた。

(す、すごかった……)

あれが大人のキスというものか。ルイーザは無意識に指先で唇に触れる。

(でも、嫌じゃなかった)

そう考えた途端、ぼっと顔が熱くなる。

こんなでは、いつまで経っても落ち着けそうにない。ルイーザは落ち着くのを諦め、できるだけ平静を装って廊下に出た。

トレバーが言っていたように、廊下を出て隣のルイーザの私室に戻ると、メイドたちはにこやかに「おかえりなさいませ」と挨拶し、夜会用の装いを解いて、湯水で絞った布で身体を拭き清め、夜着を着せてくれた。

ルイーザの様子がいつもと違うと気付いているだろうに、メイドたちはいつもと変わらず寝支度を調えてくれる。

お休みの挨拶をしてメイドたちが下がると、ルイーザは自分の寝室に一人になった。

（よし、行こう！）

心の中で掛け声をかけて自分を奮い立たせると、ルイーザはランプを片手に夫婦の寝室に続く扉を開ける。

中を見るのは、フレッチャーに邸宅の中を案内してもらったとき以来だった。今まで用がなかったし、夫婦生活を連想させられるせいでドアノブに触れることさえ躊躇われたからだ。

廊下側の壁にヘッドボードをつけるように置かれた大きなベッド。その脇にある彫刻の施された大理石の暖炉では炎が赤々と燃えていて、室内をほんのり温めてくれている。その暖気を逃がさないよう窓は金銀の刺繍の施された分厚いカーテンで閉め切られていて、暖炉で揺れる赤い光と、ランプのオレンジの光とを映し出していた。

ランプの光を辿れば、それはベッドから少し離れた場所にあるテーブルに置かれていて、その光の下では眼鏡をかけたトレバーが本を読んでいる。

照れくささもあり、ルイーザはいつもの可愛くない口調で話しかけてしまう。

「目を悪くするわよ？」

トレバーは本を閉じ、眼鏡を外して立ち上がった。

「大丈夫だよ。気もそぞろでまともに読めてやしなかったんだから」

彼の双眸《そうぼう》に普段はない熱いものを感じ、ルイーザはその場に縫い止められたかのように立ち竦んだ。そんなルイーザのところへ、トレバーはゆっくりと歩いてくる。けれどぎりぎり手が届きそうにないところで立ち止まって、困ったように首を傾げて言った。

「いつまでそこにいるつもりかな？」

「え……？」

「『夫婦の寝室に足を踏み入れたら』という約束だから、私はまだ君に手を出すことはできない。引き返すなら今だ。でも引き返すつもりがないのなら、あと一歩頑張ってごらん。そうしたらあとは私が引き受けよう」

そう言われて初めて、ルイーザはまだ夫婦の寝室に入っていないことに気付いた。自分で思っていた以上に怖気づいていたらしい。

だが、トレバーの気弱げな微笑を見て、勇気を出して尋ねてみた。

「トレバー……あなたも、怖いの？」

トレバーは茶化さなかった。

「……怖いよ。嫌われるようなことをして、君に本気で逃げられてしまったらと思うと、死にそうなほど怖い」

痛みをこらえるような笑みを浮かべる。

トレバーも同じだったと悟り、ルイーザの気は楽になった。

「約束して。わたしがどんな失敗をしても嫌わないって。そうしたら、トレバーがわたしに何をしても嫌ったりしないわ」

トレバーはぽかんと口を開け、それから慌てて言った。

「嫌ったりしない！　どんな失敗をしたって、君は私の最愛の人だよ！」

ルイーザは景気づけに、にかっと笑った。

「じゃあ約束は守ってね！」

その言葉の勢いに乗って、夫婦の寝室にぽんと足を踏み入れる。そしてトレバーを見上げた。

「あとは引き受けてくれるんでしょ？　わたしは何もわからないから、任せたわ」

トレバーはぷっと噴き出した。

「やっぱり君は最高だ！」

そう叫ぶと、ランプを持ったままのルイーザをぎゅっと抱き締める。

「ちょ！　ちょっと待って！　ランプが危ない！」

トレバーは慌ててルイーザを離す。ランプの火がどこにも燃え移っていないのを確認して、二人同時に溜息をついた。

「もらうよ」

差し出されたトレバーの手に、言われるがままランプの取っ手をかける。

それからトレバーはもう一方の手も差し出してきた。

ルイーザはどきどきしながら、その手に自分の手を重ねる。

恭《うやうや》しくエスコートされてふわふわと不思議な気持ちになったけれど、ベッドに近付くほどにまた緊張が高まってきて、足の動きがぎこちなくなった。トレバーはくすりと小さく笑うと、ルイーザをベッドの端に腰掛けさせる。

「先にベッドに入っていて。ああ、夜着は着たままでいいから」

ルイーザの迷いを察し、トレバーは答えをくれる。

彼が背を向けている間に、ルイーザはガウンを脱いでベッドの足元に置き、シーツの間に滑り込んだ。

トレバーがルイーザのランプを持ってテーブルへ行くと、室内がふっと暗くなった。読書用の大きなランプを消したのだろう。さっきまでオレンジ色の照り返しがあった領域まで、暖炉の赤い光に包まれる。

それからゆっくり間を置いて、トレバーは振り返った。ルイーザが余裕を持ってベッドに入れるよう時間をくれたのだと思う。振り返った彼の手には、まだ灯っているルイーザの小さなランプがあった。

「すまないが、このランプをヘッドボード脇の燭台の下に吊り下げてもいいだろうか？何か問題が起きたとき、真っ暗だと困るから」

「……わかったわ」

暖炉の火だけでは確かに暗い。恥ずかしいから本当は何も見えないほうが良かったが、トレバーがそう言うのであれば点けておいたほうがいいのだろう。

承諾すると、トレバーは申し訳なさそうに微笑んでヘッドボードのほうへ歩いていき、燭台の下の金具にランプをかけた。それから端で横たわるルイーザの逆側に回ってガウンを脱ぎ、ベッドに入ってくる。

その間、ルイーザはトレバーの言った『問題』のことを考えていた。

夫婦の営みについて、夫が大きく妻が小さい場合は妻の負担が増すことがあると教わった。血がたくさん出るかもしれないと教師は言葉を濁したが、夫のアレが大きすぎて妻のアソコを傷付けてしまう可能性があるということだろう。トレバーはそんな酷いことはしないと豪語していたが、明かりを確保するということは、かなり危ないのかもしれない。

勇気を振り絞ったことをちょっぴり後悔し始めたとき、トレバーがルイーザに寄り添い、肘を支えに半身を起こした体勢で顔を覗き込んできた。

「ごめん。不安にさせてしまった？　問題が起きたとき、なんて嘘だよ。――君と初めて結ばれるのに、顔が見られないなんて嫌だったんだ」

視線を少し泳がせ気まずげに告白するトレバーを見て、ルイーザは納得してしまった。

初めて見る、トレバーの余裕なさげな少年のような表情。自分を見られるのは恥ずかしいけれど、ルイーザだって、初めての夜の、彼の表情を一つたりとも見逃したくない。

ルイーザはしょうがないなと微笑んで言った。

「いいわ、許してあげる」

すると、トレバーは嬉しそうに目を細めて、ルイーザに顔を近付けてくる。とっさに目を閉じると、頰に大きな手が添えられて、額に柔らかなものが押し付けられた。予想外のことに、ルイーザはぱちっと目を開けた。

額から唇を離したトレバーは、申し訳なさそうな笑みを浮かべる。

「ごめん。君があまりに可愛くてつい」

ルイーザはかあっと頰を火照らせ、そっぽを向いて憎まれ口を叩く。

「謝る必要なんてないでしょ。それともいちいち許可を取らなきゃダメなわけ？」

(唇にされると思い込むなんて、わたしってばこんなに破廉恥《はれんち》だったの？)

恥ずかしすぎて、トレバーのほうを向けない。

そんなルイーザに何を思ったのか、トレバーは優しい声で答えた。

「そういうわけではないけれど、急ぎすぎてしまったんじゃないかと心配だったんだ。ごめんね？」

最後の一言は、何に対する謝罪だったのか。

トレバーは親指で、ルイーザのふっくらした唇をなぞった。

「許してもらえるなら、ここにもいい？」

それを聞いて、ルイーザは謝罪の意味を悟った。

（わたしの勘違いに対して謝ってくれるなんて……まるで六年前の初夜みたい）

あのときは、ルイーザが勘違いしてトレバーの寝室に突撃して、恥ずかしい思いをしたルイーザを慰めるために感謝してくれた。

ルイーザにはもったいないほどの夫だ。

だって、こんなにも優しくしてくれるのに、自分は可愛くない口しか利けないから。

恥ずかしさに目を回しながら、ルイーザはぶっきらぼうに言う。

「だから！　いちいち許可なんていいでしょ？　その、わたしたち夫婦なんだし……」

察してくれたのか、トレバーは余計なことを言わなかった。

「ありがとう……」

吐息のようなお礼に続き、唇が柔らかいもので塞がれる。

息を吸って酸欠に備えていたけれど、トレバーの唇はすぐに離れていった。

「息を止めないで。こういうときは鼻で息をするんだ」

「え？　でも、あ、あんなに顔を近付けるのに息をするのはちょっと……」

照れてちょっとどもりながら、抵抗感があることを伝える。トレバーは困ったように微笑んだ。

「息をしないと長くキスしていられないよ？」

「さ……最初のでも十分長かったと思うけど」

「慣れてきたら全然足りないと思うようになる。練習をしよう。鼻で呼吸してみて」

本当かなと疑う気持ちはあったけれど、とりあえず言われた通り鼻で息をする。少しの間そうしていると、トレバーがよくできましたと言うように優しく微笑んだ。

「じゃあそのまま呼吸を続けていて」

そう言われても、唇を重ねられると上手く息が吸えなくなり、呼吸が止まってしまう。

唇が重なり息が止まるたびに、トレバーは辛抱強くルイーザを励ました。

「大丈夫。すぐできなくても大丈夫だから、ゆっくり慣れていって。ゆっくりとね」

頭の両脇にトレバーの二の腕が置かれ、ルイーザは囲われる。その状態で真上からキスをされると、彼の中に閉じ込められているような錯覚を覚えて、胸の鼓動が痛いほどに速くなる。でもちっとも嫌じゃない。恋を自覚してからずっと、トレバーとこういう関係になりたかったから。

心臓が壊れてもいいから、もっとたくさんトレバーが欲しい。だからトレバーに言われた通り、懸命に呼吸を繰り返す。

そのうちに、慣れてきたら全然足りないと思うようになると言ったトレバーの気持ちがわかるようになっていった。

(だって、好きな人とこんなに気持ちのいいことを共有できるんだもの。やめたいなんて思う人いる?)

柔らかい唇に、角度を変えつつ、何度も何度も啄《ついば》まれる。敏感になった唇から甘い痺れが生まれて、蕩《とろ》けるような気持ちよさが身体中に広がっていく。

時折かかる、彼の悩ましげな吐息。いつもより距離が近いだけなのに感じる身体の熱。控えめに伸《の》し掛かった彼の身体の重みに、今までにない幸福を覚える。

ルイーザは自分でも知らぬ間にトレバーの夜着の胸元を握り締め、トレバーが唇を離してもキスが終わったことにすぐには気付けなかった。鼻で息はしていたけれど早鐘を打つ身体には十分ではなくて、唇が解放されるや否や、ルイーザは空気を貪るのに必死になる。

自身も肩で息をしながら、トレバーはルイーザの頬を撫でて嬉しそうに微笑んだ。

「上手に、できたね」

子供にするような言い方。普段のルイーザなら怒るところだが、今はふわふわ夢見心地で気にならない。それどころか、褒められて嬉しくて、頬を包む大きな手に擦り寄りたい気分になり、本当にそうしてしまう。

「くっ、なんて可愛いんだ。お願いだから私の理性を試さないでくれ」

ルイーザはぽやんとしていて、何を言われたか理解が及ばない。その目でトレバーを見上げると、彼はまた苦悶の声を上げ、先程よりやや乱暴に唇を重ねてきた。ルイーザの唇を覆うようにむしゃぶりついてくる。

唇全体を柔らかく食まれ、舌で舐め回されて、唾液でべたべたになるけれどちっとも嫌じゃない。唾液で滑る唇と舌の感触が気持ちよくて、もっとしてほしいなんてはしたない思いが脳裏を過《よぎ》る。

トレバーが少し唇を離し、余裕のない口調で話しかけてくる。

「唇を開いて」

ルイーザは、いつになく強引なトレバーに胸ときめかせながら、素直に唇を開く。すると、薄く開いたそこからするりと舌が入り込んできた。驚いて唇を閉じるけれど、入っている舌を挟むだけで終わる。

（び……びっくりした……）

教師からは必要最低限のことしか教わらず、その手の知識を得る機会が乏しかったルイーザは、このときこういうキスがあることを初めて知った。

息を止め身体を強張らせると、トレバーはすぐに舌を抜いて、ルイーザの顔を覗き込んでくる。

「嫌だった？　やめておこうか？」

ルイーザは返答に困った。嫌じゃなかったし興味もあるけれど、それを言ってしまうのは破廉恥ではなかろうかと。

トレバーはふっと笑みを浮かべると、ルイーザの頬を撫でた。

「恥ずかしいことなんて何もないよ。これを恥ずかしいなんて言っていたら、愛の行為はすべて恥ずべきことになってしまう。それでも恥ずかしいというなら考えてごらん。恥ずかしいのは承諾する君のほうじゃなくて、それをしたいと許しを乞う私のほうじゃないかい？」

悪戯っぽく言われ、ルイーザは「あ」と思い出す。

――わたくしが夫を骨抜きにしたなんて、あなたの勝手な想像でしょう？　その想像が恥ずかしいものであるのなら、そういう想像を膨らませられるあなたご自身が恥ずかしい人ということになりません？

（あのとき、ヤツとの応酬まで聞こえてたのね。恥ずかしい）

恥ずかしさの上塗りをしておきながら、トレバーはにこにこと話のまとめに入る。

「ね？　恥ずかしいのは君じゃなくて私だろう？」

そんなトレバーが憎たらしくなって、ルイーザはつんと嫌味で返した。

「そんな屁理屈を口にするなんて、よっぽどしたいのね？」

「もちろんしたいよ。長年の夢だったんだ」

（いったい、わたしが幾つのときから今みたいなキスをしたいと思ってたの？）

ついついそんなことを考えてしまい、ルイーザは半目になる。

トレバーは身体を起こして泣いて訴えた。

「ゴミを見るような目をしないでおくれよ！　違うよ！　大人になったルイーザとこういうことをするのが長年の夢だったって意味だよ！」

「でも、わたしが小さかった頃から好きだったって言ってたじゃない」

「だからロリコンと混同しないでくれ！　私は少女性愛者じゃない！　言うなればルイーザコンプレックスなんだ」

さっきまでの甘い雰囲気は最早どこにもなく、横になったまま話を続けるのも落ち着かなくて、ルイーザはむくりと身体を起こす。

「ルイーザコンプレックスって、変な言葉作らないでよ」

「変じゃないよ。君にはいろいろと複雑な思い《コンプレックス》を感じてきたんだ。正直に言えば、君が好きだって自覚した最初の頃は、自分は変態だったのかと思って絶望していたし、この間まで君は子供で、いたいけな君を性愛の対象にするなんてとてもじゃないけど考えられなかった。早く大人になってほしいって、ずっと思っていたよ。——君が十八歳の誕生日を迎えて、ようやく念願叶うって思ったけれど、十八歳になったからってすぐに心が大人になるわけじゃないってことを失念していたんだ。気が逸《はや》って、君を怖がらせてしまった」

ベッドの上に膝をついたトレバーは、話しながらしょげていく。ルイーザは反省した。

(トレバーに悪いことをしちゃったわ)

彼だって、子供を好きになりたくなかっただろうに。でも、彼の苦悩があったからこそ今がある。「ずっと好きでいてくれてありがとう」なんて気恥ずかしくて言えないけれど、なかなか素直になれないルイーザでも誤解を解くくらいはできる。

「誕生日の夜のことは、わたしが慣れてなかったせいだって言ったじゃない。その……経験していかなければいつまで経っても慣れないわよ、わたし……」

経験させせろと言っているような自分の言葉に気付き、ルイーザは恥じらいのあまり言葉が尻すぼみになる。

「ルイーザ……」

感動とも期待とも取れるトレバーの視線が居たたまれなくて、ルイーザはわめき散らした。

「だからもうごちゃごちゃ話してないで！　トレバーのしたいようにすればいいのよ！　わたしはどうすればいいかさっぱりわからないんだから！」

「ははは。これは抗いがたいお誘いだね」

「さっ、誘――!?」

　自分がしたことに気が動転して声が裏返る。トレバーはくすくす笑った。

「言っておくけど、『したいようにすればいい』は飢えたオオカミには禁句だよ。私が君に何をしたがってるか知ったら、君は尻尾を巻いて逃げ出してしまうかもしれない」

「……お手柔らかにお願いするわ」

「うん。君が逃げ出さないように、ゆっくり進めさせてもらうよ」

　ふわりと抱き寄せられ、ルイーザはどきんと胸を高鳴らせる。

　慣れない抱擁に戸惑っているうちに、顎を持ち上げられ、唇を重ねられた。

四章

薄く開いた唇を優しく、時に強く啄まれ、時折入り込む舌に唇の裏や歯茎をなぞられる。ルイーザは破廉恥と思いながらもこのキスに夢中になった。最初に感じた強い痺れは頭の芯を蕩けさせ、唇を食《は》まれ口内を舐められて生まれた甘い痺れが全身に心地好い感覚を広げていく。

不意にキスが止んだ。

「……ッ！　ごめん。がっつきすぎた」

ルイーザの顔を覗き込みながら、トレバーは口元をぐいっとひと拭いする。頭上のランプの小さな灯りとベッド脇にある暖炉の火に照らされたトレバーは、目元を紅く欲望に染めていた。ルイーザから目を逸らし、眉をひそめて苦しげに自分を抑えようとしている。

（こんなに余裕のないトレバー、初めて見た）

ルイーザの心はときめいた。優しく紳士的なトレバーも、優雅に交渉の主導権を握るトレバーも素敵だけれど、余裕のなさを恥じる若者のようなトレバーもなんだか可愛くて好きだ。

そんなことを思う自分がおかしくてくすりと笑うと、それに気付いたトレバーが不本意そうな顔をルイーザに向けた。

「仕方ないだろう？　ずっと我慢してきたんだから」

(余裕のなさを笑われたと思ったのかな？)

ルイーザは呆れて言い返す。

「そんなこと言ってないじゃない」

予想が外れて驚いたのだろう。トレバーの目元から欲望が消え、きょとんとして目を瞬かせる。

「じゃあ何を思って笑ったの？」

「そっ、それは――」

好きなんて言い慣れていないルイーザが、正直に話すのは難しい。

口籠もってしまうと、トレバーは悪戯を思い付いたようににやりと笑って、伸し掛かるようにして顔を近付けてくる。

「なんだい？　私には言えないようなこと？」

好きな人の顔を間近で見せ付けられれば、恋愛に慣れていないルイーザが平静でいられるわけがない。顔を真っ赤にして狼狽える。

「わあ！　近い近い！」

「キスのときはもっと近いのに、おかしなことを言うね？」

首をこてんとして可愛く言うトレバーに、真っ赤な顔がますます赤くなる。

「そっ——それとこれとは違うでしょう!?」

上手く言葉にできずキレると、トレバーはぷっと噴き出した。

「ごめんごめん。意地悪しすぎたね」

そう言いながら、自身の夜着の袖を持ち、ルイーザの口元を拭う。そこは、互いの唾液でべたべただった。それだけでも、キスの激しさがわかろうというもの。

優しい手付きで頬を伝い落ちた唾液を拭いながら、トレバーは落ち着いた笑みを浮かべる。

「ありがとう。おかげで少し落ち着いた」

そう言っておきながら、トレバーは瞳を欲望で煌めかせ、真上からルイーザに視線を注ぐ。それだけで、おふざけで緩んでいた雰囲気が淫靡《いんび》な緊張感に彩られた。ルイーザはどきんと胸を高鳴らせ、トレバーを待つ。

トレバーは、今度はルイーザの顔中にキスを落とし始めた。ただ唇を押し当ててくるだけじゃない。啄むようにされて、ルイーザはたまらず身を捩《よじ》る。

「やっ……くすぐったぃ……」

「ごめん。でも、食べちゃいたいほど君が可愛いんだ」

「それっ、理由になってないぃ……」

変だ、とルイーザは思った。自分の口から出る声が、舌足らずでやけに甘ったるい。それだけじゃない。トレバーの声もどこか気だるげで、低い声でそんな風に話されると耳から奇妙な感覚がぞわぞわと頭や首へと広がっていく。

「なってるよ。がぶりとかぶりつきたいのを我慢して、こうして啄んでるんだ」

「あっ、そこは」

耳元で話されて、ルイーザはびくっと身体を震わせ声を上げてしまう。

「気持ちよかった？」

「ちょ、やめ――っ！」

強い刺激に耐えられず耳を覆おうとしたけれど、その手をトレバーに捕えられてしまう。

（なんで？）

という疑問も口にできないうちに耳を舐められる。外側から内側へと。普段あまり触らないせいか、ひどく敏感に感じる。唇にキスされているときと似たような甘い痺れが広がっていく。くちゅぴちゃという水音に、脳の奥深くまで犯されているようだ。

なのにどうしてだろう。抵抗の言葉は出てこなくなる。

「んっ、あっ」

自分の口から変な声が出て、ルイーザは顔を真っ赤にして固まった。

こんなことをされて気持ちよくなっちゃうなんて、わたし変態だったの？

「またおかしなことを考えてる？　気持ちよくなって当然だよ。君にそうなってもらいたくて、性感帯を刺激してるんだから」

耳元で囁かれてぞくぞくしながら、ルイーザはたどたどしく尋ねる。

「せい、かんたい？」

「性的に気持ちよくなれる神経が通っているところ、かな？」

「んっ、だからっ、そこでしゃべらないで……！」

声に反応してびくびく震えてしまう自分が恥ずかしくて、ルイーザは懸命に文句を言う。

けれど先程の弱腰はどこへやら、トレバーは嬉しそうにまた耳元で囁いた。

「感じてもらえて嬉しいよ」

言いながら、今度は首筋から耳の裏へと舐め上げる。

恥ずかしい自分の反応を止められなくて、ルイーザは涙声になった。

「なんでこんなことするのよぅ」

「君への負担を減らすためだよ。初めてのとき、女性は多かれ少なかれ負担があるものだ。

その上、私たちには体格差というハンデもある。気持ちよくなってリラックスできれば、その分君への負担を減らせる。だから恥ずかしいなんて思わないで、いっぱい気持ちよくなって？」

そういう理由があったのか。意地悪されていると思って悪いことした。

でも、恥ずかしいものは恥ずかしい。

躊躇いがちにトレバーを見ると、彼は魅惑的な笑みを浮かべて言った。

「大丈夫。恥ずかしいって思っていられないくらい気持ちよくしてあげるから」

（そんなこと、自信満々に言われても……）

ルイーザは顔を赤くして返答に困る。

その途端、それを見たトレバーの笑みが情けなく崩れた。トレバーはその顔を両手で覆って天を仰ぐ。

「理性を破壊される……」

「……ちょっと、大丈夫？」

夫のおかしな言動を、ルイーザは不審げに窺う。すると唐突に抱きつかれた。ルイーザは横たわっているから、正確には覆い被さられたと言うべきか。

トレバーはルイーザの頭に自分の頭をぐりぐりと擦り寄せて、わめき始めた。

「大丈夫だけど全っ然大丈夫じゃないよ！　なんでそんなに可愛いんだ！　いつものツン

ツンしたところも可愛いけど、恥じらいながら困ってる様子も滅茶苦茶可愛いよ！　ああ、死にそう……」

(今のがそんなに可愛く感じたの？)

正直、トレバーのこの感性が理解できない。が、そんなのいつものことだ。気にしなくていいだろう。ルイーザは片手を上げ、ぽんぽんとトレバーの頭を撫でる。

「こんなことで死ぬとか言わないでよ」

すると、トレバーの言動がぴたりと止まる。

「……トレバー？」

「——ああもう！　なんで今なんだ!?　あとで要求するからな！」

いつもよりちょっぴり乱暴な言葉遣いで意味不明なことをわめいたかと思うと、トレバーはむぎゅっとキスしてきた。さっきまでとは違い、気遣いも余裕もない。けれど、だいぶんキスに慣らされていたルイーザは驚くことも戸惑うこともなく受け入れた。

トレバーの舌が、ルイーザの唇だけでなく歯列もこじ開けて入ってくる。舌や口腔を舐め回されると、気持ちよさに身体がぐずぐずと蕩けるような感覚を覚えた。頭の芯も蕩けて意識が霞んで、唇へのキスが終わって顎から首筋へとトレバーの唇が下りていったのもぼんやりとしか認識できない。

鎖骨の辺りを何度も強く吸われ、その度にルイーザはぞくぞくと身を震わせた。その震えが体内を巡って身体のある一点に集まりつつあることに、このときのルイーザはまだ気付かない。

夜着の上から胸を触られる段階になって、ルイーザはわずかに意識を取り戻した。

胸元にキスを降らせながら、トレバーは慎ましやかな胸の膨らみを大きな手のひらで包み込んだ。薄い夜着越しでは直接触れられているのと変わらない。性的な場所に触れられて、たまらなく恥ずかしい。

トレバーはやがて、脇のほうから肉を寄せ集め、マッサージのように触れ始めた。そうしないと足りない胸の膨らみに、別の恥ずかしさを覚える。トレバーが自分の胸のことをどう思ったか気になって、ルイーザは落ち着かなくなった。

「痛くない？」

「……うん」

「もうちょっと強くしていい？」

「そういうのをいちいち聞かないで！」

恥ずかしさのあまりわめくと、トレバーが拗ねたように言い返してくる。

「私の好きにしていいってこと？　でも私の好きにして君に嫌われたらどうしてくれるんだ」

ルイーザは呆れて溜息をついた。

「言ったじゃない。わたしがどんな失敗をしても嫌わないなら、トレバーがわたしに何をしても嫌ったりしないって」

「私も言ったよね？　『したいようにすればいい』は飢えたオオカミには禁句だって。私が好きにしたら、君は逃げ出してしまうかもしれない」

「逃げたりなんかしないわよ」

強気に言うと、トレバーはぎらりと瞳を光らせた。

「言質は取ったよ。後悔しないでね？」

肉食獣を思わせる眼光の鋭さに早くも後悔しかけたものの、ささやかな胸の膨らみにトレバーの強靱な指が食い込んでくると、そんなものは頭の中から消し飛んでしまう。

捕食されているような怖さを感じながらも、それほどまでに欲しがられていると実感して、嬉しさのあまりどきどきと気分が高揚してくる。

トレバーは胸元へのキスをやめて身体を起こし、ルイーザに馬乗りになって、胸への愛撫に熱心になった。熱っぽくありながらもやけに真剣なトレバーの眼差しに、ルイーザは観察されているような居心地の悪さを感じる。それなのに、手ばかりか視線までも愛撫されているかのように、肌がちりちりと感触を伝えてくる。

恥ずかしいから見ていたくないのに、どうしてだか目を逸らせない。

柔肉を寄せ上げる大きな手が、不意に何かに引っかかった。その場所からびりっと強めの刺激が走って、胸を中心に得も言われぬ感覚が広がる。

「んっ」

こらえ切れず喉を鳴らしてしまい、ルイーザは頬を染めた。

それを見ていたトレバーは、柔肉を寄せ上げた形のまま手を止め、両の親指でルイーザの胸の中心を探る。そこには突起ができていて、親指の腹で撫でられると、先程と同じように強めの刺激が胸を覆った。

「なっ……何？」

「ここにも性感帯があるんだ。気持ちいいみたいだね。とろんとした顔してる。可愛い」

これまで可愛いと言われると何かしらの反応を返していたけれど、最早そんな余裕はなかった。胸の鼓動が速まるにつれ息が上がり、胸に広がった感覚はもどかしくなり、身を捩りたくなるのを必死にこらえなければならなくて。

トレバーは不意に片方の胸を解放すると、ルイーザの胸元のリボンに手を伸ばした。リボンはほんのちょっと引っ張っただけですするりと解ける。彼が何をしようとしているか察して、ルイーザは鋭く声を発した。

「ダメ！」

トレバーはびっくりして手を止め、ルイーザを見る。ルイーザは恥を忍んで言った。

「着たままじゃ、いけない？」

見られたくないから脱ぎたくないなんて、それこそ恥ずかしくて言えない。

トレバーはルイーザの気持ちを察したようにふっと微笑んだ。

「汚れてしまうけど、いい？」

ルイーザはこっくり頷く。

トレバーは再びルイーザの両胸を寄せ上げると、そこに顔を下ろしていった。

夜着の生地ごと胸の突起を口に含まれる。生地に唾液が染み込み、突起が少しぬめった水分に包まれると、親指の腹で撫でられたときより、より鮮明な快楽がもたらされた。

「ひゃあ！　んっく」

変な声が出てしまい、ルイーザは慌てて両手で口を塞ぎ声を呑み込む。

トレバーは身体を起こすと、胸を支えていた手を持ってきて、ルイーザの両手をそっと口元から外した。

「声を聞かせて？」

今の声を聞いた上で、あえてこんなことを言うのだろうか。

ルイーザは少し躊躇ったあと、尋ねた。

「さ……さっきの声、変じゃなかった？」

「そんな声が出ちゃうほど気持ちよくなってくれて嬉しかったたし、可愛かったよ。そういうのも含めて、君の声を一つたりとも聞き逃したくないんだ。――どうかしたかい？」

顔を背け目をつむるルイーザに、トレバーは不思議そうに問いかけてくる。

身悶えそうになるのをこらえながら、ルイーザはお願いした。

「言葉のほうも、もうちょっとお手柔らかに頼むわ」

「ん？　どういうこと？」

（自分がどれほど甘い言葉を吐いているのか、この人には自覚がないの？）

胸がきゅんきゅんしてしまい、心臓に悪い。

説明しろと言われてできるような簡単な話じゃない。

「ええっと、つまり……」

まごついていると、トレバーは何かに気付いたようで、「ああ、なるほど」と納得して一人うんうん頷いた。

「申し訳ないけど、それは承服しかねるな」

にやりと笑って、トレバーはルイーザの耳元に唇を寄せる。

「愛してるよ。君のすべてが欲しいんだ」

ルイーザの胸が、痛いほどにきゅんとする。

「やっ……だから」

「可愛すぎて食べてしまいたい」

「んっ……だからそういうのは」

「私の胸は君への愛しさで溢れているんだ」

言葉と同時に、濡れそぼった胸の突起を摘まれる。

「ひぁん！」

また変な声を出してしまい、ルイーザは顔を火照らせる。

「どう？　さっきより気持ちよかったんじゃないかい？　言っておくけど、全部本心だからね。君に言葉の愛撫を体験してもらいたいためだけについた嘘じゃない」

（嘘じゃないなら余計始末に負えないわ）

思わず押し黙ると、トレバーは再びルイーザの胸の突起を口に含んだ。今度は反対側の、放置されていたほうに。そして濡れそぼっているほうを親指と人差し指でこりこり弄る。

「んっふっ」

こらえようとしたのにこらえ切れず、また変な声を上げてしまう。トレバーは口を離し上目遣いにルイーザを見て微笑んだ。

「頑張って声を我慢してる姿が可愛すぎて、もっと虐めたくなっちゃうから困る」

そう言って、今の今まで口に含みべたべたにしていた突起を、人差し指でぴんと弾く。

気持ちよさが神経を走り、ルイーザはたまらずびくんと身体を震わせた。

「あんっ！」

鼻にかかったような甘えた声が出て、またもや羞恥に頬が染まる。文句を言ってやりたかったけれど、そんな余裕は与えてもらえなかった。すぐまたもう一方の突起を口に含まれ、すっかり濡れそぼったほうの突起をくりくり弄《いじ》られる。

トレバーが弄っているそこが硬くなっているなんて気付かなかった。その場所を弄られると感じるなんて知らなかった。唇と舌、指の腹。それぞれから与えられる気持ちよさに翻弄され、ルイーザはあられもない声を上げる。

「ああんっ！　あっんっ」

その合間に、トレバーは突起から唇を離して言った。

「君は感じやすいみたいで嬉しい。気付いている？　腰が揺れてるよ？」

その熱い吐息が、夜着の薄い生地越しに突起にかかって表面を炙る。

「あぁっ！　そこでっ、しゃべらないで……！」

「え？　何？　――ああこれか」

トレバーは突起に向かってわざと息を吹きかける。

「――っ」

拒絶の声が出かかったけれど、すんでのところで呑み込んだ。それは言ってはいけない言葉だ。さっき嫌わないと約束したじゃないか。

余裕がなくなってきているのか、ルイーザの不自然な反応にトレバーは気付いた様子がなかった。両方の胸の突起を交互に舐めしゃぶり、ささやかな胸を寄せ上げる手でそのままやわやわと揉む。なんて器用な。

そしてなんて気持ちよくて破廉恥なことか。息を吹きかけられるのと何がどう違うというのか。違わない。今されていることのほうがよっぽどいやらしい。それなのに嫌ともやめてとも終《つい》ぞ口に出なかった。その代わり、鼻にかかった甘い吐息がひっきりなしに零れる。

さっきからおかしい。触られているのは胸なのに、何故か脚の付け根の間にある何かもむず痒い。トレバーに気付かれないよう太腿を擦り合わせて痒みを散らそうとしていたのだけど、どうやらその動きのせいで腰が揺れているように見えたようだ。

けれどそう思われるのが恥ずかしくて、ルイーザは脚を動かさないよう我慢した。けれど痒みはこらえ難くなり、そのせいでまたも腰が勝手に揺れる。

そんな自分が恥ずかしいからなのか、知らず両腕が上がって、ルイーザの目元を覆った。

トレバーが不意にルイーザの上から退いて、傍らに身体を横たえた。肘で支えて上半身を起こし、夜着越しに胸の突起を唇で咥えながらルイーザの脚に手を伸ばしてくる。

夫にだけ許すその行為に、ルイーザの胸は更に高鳴る。

(これ以上どきどきしたら死んでしまいそう……)

むず痒さといい、自分の身体なのに自分の思うようにならない。自分のものでなくなってしまったような心許なさを感じる。怖いと思わないのは、ルイーザをそのようにしたのがトレバーだからだ。

　好きにしていいと言ってあげたのに、トレバーはまだ自分を抑制しているようだった。彼の手は慎重にルイーザのふくらはぎの辺りを彷徨《さまよ》い、夜着の裾を見付けると、そこから中に滑り込んでくる。何も――ストッキングもドロワーズも身に着けていない素足を、大きくて温かい手のひらが這い上がってきた。夜着が捲れていくというのに、ルイーザは恥ずかしさではなく期待が高まっていく自分に気付いた。

　リビングでトレバーが言っていた言葉を思い出す。

　――好きになれば、相手のことが自然に欲しくなるものなんだよ。

（ああ、そういうこと）

　道理で準備が調っていないと言われたわけだ。緊張は緊張でも、怖くてかちこちになるのと、高まる期待に強張るのとでは全然違う。

（だって、今は触られたくて仕方ない）

　トレバーの手の動きがじれったいほどゆっくりなのは、ルイーザを気遣ってのことだ。今もルイーザの反応を確かめながら、怖がらせないように、嫌われないように自制を利かせている。

（我慢しなくていいって言ったのに）

それでもルイーザのために自分に我慢を強いるのがトレバーなのだ。

(この優しい人のために何かしてあげたい)

恋を自覚したあのときと同じ想いが胸に湧き上がる。

ならば、ルイーザが今すべきは、我慢しなくていいと彼に示すこと。

ルイーザは力が抜けかけた腕をのろのろと持ち上げて、トレバーの首に回した。

「ルイーザ……?」

トレバーは、熱にうかされたような、ろれつが回り切らない声でルイーザを呼ぶ。それに答えず、しがみつくように手に力を込めた。トレバーはその力に逆らわず、ルイーザに覆い被さった。

夜着越しに感じるトレバーの熱、逞しい身体、その重み。ルイーザを潰さないようにベッドに両手をついて自身を支えるトレバーを、ルイーザは更に引き寄せて身体を密着させる。

大胆なことをして恥ずかしいはずなのに、ルイーザの口からは満足げな溜息が漏れた。

(好きな人と抱き合うことが、こんなにも気持ちいいなんて)

身体が蕩けてしまいそうだ。

反対に、身体を強張らせたトレバーからは緊張が伝わってくる。耳元に、響きの良い低い呻き声が聞こえてきた。

「ルイーザ……もう大丈夫、なのかい……？」

声は出なかったけれど、首は素直に動いた。

ルイーザの頷きを首や肩で感じ取ったのだろう。トレバーは戦慄《わなな》いたかと思うと、ベッドに横たわっているルイーザの背の後ろに手を入れ、掬い上げるように腕を回した。

「ルイーザ……！」

感情が昂《たかぶ》って掠れた叫び声と共に、トレバーはルイーザをきつく抱き締める。

ルイーザは首に回したままだった腕に力を入れ、溢れる想いを込めてトレバーを抱き締め返した。


舌を絡め合う激しいキスをしている最中に、トレバーの手のひらは太腿を這い上がり、脚の付け根の間にある秘めた場所に辿り着く。ルイーザはトレバーの手に導かれるまま片方の膝を立てていて、夜着も捲れ上がり阻むものは何もない。

ルイーザの鼓動が速くなる中、ずっとむず痒くてたまらなかった場所にトレバーの指が触れた。淡い茂みをかき分け、割れ目をなぞるようにして指先を中に滑り込ませる。その指先が隠れていた突起に触れると、ルイーザは痒みからの解放にこらえ切れず声を漏らした。

「んあぁ……っ」

あまりの快感にトレバーの夜着を握り締め、彼のキスから逃れるように首を左右に振ってしまう。自分がそうしてしまったことも、その姿を見てトレバーがごくんと唾を呑み込んだのも気付かない。

トレバーは我を忘れて快楽に溺れるルイーザに、更なる愛撫を施した。左手で夜着越しにルイーザの胸を絞り、突き出した胸の突起を口に含む。熱い口の中で敏感な先端を舐め転がされ、身体の中心の突起も擦られて快感を高められていたルイーザはひとたまりもなかった。

「あぁ！」

大声を上げて身体を大きく仰け反らせる。きつく閉じた瞼の裏側がちかちかと瞬き、全身が快楽に支配されて硬く強張った。

そんな激しい気持ちよさは長く続かず、消えていくのとともに身体は弛緩しベッドに沈む。

(何？　今の……)

忙しなく息をしながらぼんやりと思う。

トレバーは嬉しそうに微笑んで、ルイーザの頬を撫でた。

「上手にイけたね」

「『イく』……？」

「快楽の頂点を極めると、強い快感を得られるんだ。すごく気持ちよかっただろう？」

ルイーザは恥じらいながら小さく頷く。トレバーは笑みを深めて、ルイーザの秘部にある溝をなぞった。

「すごい……濡れてる」

なぞられた場所がぬるっとしたことに気付いたルイーザは、恥辱に顔を歪め、トレバーを押し退けた。

「ごめんなさい。ちょっと……」

（よりにもよってこんなときに粗相をしてしまうなんて）

トレバーの顔を見られない。トイレに行ったあと、戻ってくる勇気が出そうにない。

泣きそうになりながらベッドの外へ脚を下ろそうとしたそのとき、後ろからトレバーに抱え込まれてベッドの中央へ戻されてしまう。

「離して！」

「粗相じゃないよ」

自分の声に重ねられたトレバーの言葉に、ルイーザは驚いて目を見開いた。

トレバーはルイーザを抱き締めたまま横になった。

「ごめん。説明が足らなかった。気持ちよくなれば愛液というものが分泌されるんだ。愛液は性交の助けになるもので」

「わかったから説明はもうよして！」

ルイーザは身体を捩って振り返り、トレバーの口を塞ぐ。

教師から教わっていたのにすっかり忘れていたルイーザもいけないが、性交なんて言葉を聞かされると忘れかけていた羞恥を思い出してしまい、今すぐ逃げ出したくなる。

顔を赤くしてその衝動に耐えていると、トレバーの口を塞いでいた両手を、彼の大きな手に摑まれてしまった。ルイーザの手は両側に退けられ、トレバーの興奮を隠し切れない笑みが近付いてくる。

「じゃあ続きをさせて？　君があまりに素敵だから、そろそろ我慢が利かなくなりそうなんだ」

「……ッ！　だから我慢しなくても――んっ」

素敵と言われて喉を詰まらせたあと、ルイーザは文句を言いかける。それを唇でトレバーに止められた。

長いキスに頭がぼうっとしてきた頃、トレバーは唇を離して残念そうに言う。

「気遣ってくれるのは嬉しいけど、準備はしっかりしないと。君に痛い思いをさせるわけにはいかないから」

(準備？　わたしの準備ならとっくにできてるのに)

トレバーが言った『準備』が心の準備のほうではないと気付いたのは、それからすぐあとのことだった。

三本に増やされたトレバーの指が、ルイーザの中でばらばらと動く。

（どれだけ準備が必要なの？）

羞恥と快楽に喘ぎながら、ルイーザは蕩けた頭でぼんやりと考える。

秘めた場所の、愛液が染み出てくるところに指先を押し込まれたとき、そこを解しておかないと一つになるとき痛い思いをするのだと知った。実際、指先が入ってきたとき少し痛かったし、そんなところで指を受け入れるのが怖くもあった。

でも、トレバーが辛抱強くルイーザを気持ちよくし、愛液を生み出すのを助け、痛みを感じなくさせてくれて、それればかりか、そこに指を受け入れることが気持ちいいと教えてくれた。

指なんて入るわけがないと思っていたところに、優美だけれど決して細くはないトレバーの指が三本も根元まで入っている。愛液でぬかるんだそこをかき混ぜられると、得も言われぬ気持ちよさが、熱を孕《はら》んで下腹部に溜まっていく。それがもどかしくて、ルイーザはトレバーの夜着を握り締め、足先でシーツを搔き、首を左右に振った。

性に目覚めたからだろうか。ルイーザは身悶えるだけではどうにもできないもどかしさをどうすればいいのか本能的にわかっていた。

だからだろう。飢えた獣を刺激する言葉を口走ってしまったのは。

「トレバーお願い！　準備はもういいから……ッ」

すると、霞んだ視界の向こうから悪態が聞こえてきた。

「ああくそっ！　もっとよくしてあげるつもりだったのに……っ」

トレバーは指を性急に引き抜くと、夜着を摑むルイーザの手を引きはがして一旦離れる。

拒絶されたように思い一瞬ショックを受けたが、どうやら下衣を脱ぎに行ったらしい。

バサッと布が落ちる音がして、上衣を身に着けたままのトレバーがすぐさま戻ってきた。

膝を摑まれ股を大きく広げられて、ショックが別のものに塗り替えられる。

恥ずかしくてとっさに脚を閉じようとしたけれど、その前にトレバーが脚の間に入ってきた。膝から手を離してルイーザの両脇に手をつくと、項垂れて深く息を吐く。

それから枕を引っ摑んでルイーザの腰の下に入れ、ルイーザの秘所に触れてきた。指じゃない。それより太くて熱いもので、探るように往復している。それが何かを察したルイーザは、はしたなくも期待に胸躍らせた。

その先端がぬかるんだ窪みに合わさると、トレバーは獰猛な瞳をルイーザに向ける。

「じゃあいくよ」

視線とは裏腹の優しい声で言い、太くて熱い彼自身をルイーザの中に沈めてきた。

強い圧迫感に、ルイーザは息を詰める。そこにすかさずトレバーの切羽詰まった声がする。

「力を抜いて……ッ、息をするんだ！」

(この状況で力を抜くなんて無理よっ……でも息なら――)

ルイーザは、はふはふと短い呼吸を繰り返す。最初はそれで精一杯だったけれど、頑張って繰り返すうちに呼吸は長く深くなる。それに伴い、少しずつ身体から力が抜けた。

そのおかげか、トレバー自身がずるりと入り込んでくる。そして、何かに引っかかって止まった。

「あともう少し我慢して」

苦しげに言うなり、トレバーはぐっと力を込めて押し入ってくる。その瞬間、何かを突き破った感覚があってすぐ、彼自身がより深い場所まで到達した。

互いの下腹部がぴったりと合わさり、身体の奥深くを押し上げられる感覚がある。

「全部入った……」

トレバーが深く息を吐く。

(あ……れ？)

拍子抜けしたルイーザに、今も苦しげに顔をしかめるトレバーが、心配そうに話しかけてくる。

「どうかした？」

「痛くない……」

教師から聞いた話では、すごく痛いという話だった。それこそ股が裂けるかと思うような痛みがあることもあると。

けれど、すごい圧迫感はあったものの痛いというほどではなく、何か――多分処女膜だろう――を突き破られたときも大して痛くなく、沁《し》みる感じが続いているけれど痛くて耐えられないというほどではない。

「良かった。ものの本によると、十分に準備をすれば、初めてでも、あまり痛まない、そうなんだ。痛くなくて……良かった」

穏やかにそう話すトレバーこそ辛そうで、額を伝う汗が暖炉の火を反射して紅く煌めいている。

（やせ我慢して……）

そんな可愛くないことを考えながらも、ルイーザは胸いっぱいだった。好きな人と結ばれることがこんなにも幸せなものだとは思わなかった。幸せすぎて、感極まって眦《まなじり》から涙が零れる。

「ルイーザ、大丈夫？」

心配そうに問いかけてくるトレバーに、ルイーザは微笑んで精一杯腕を伸ばす。それでわかってくれたのだろう。トレバーも同じように微笑んで、上半身を傾けてくれた。彼の首に手が届くなり、ぐいっと引き寄せる。それと同時にトレバーもルイーザを抱き締めた。

「ルイーザ、動くよ」

ルイーザを抱き締めたまま、トレバーは腰を振り始める。そのゆっくりした動きに合わせ、彼自身が出入りを始める。太くて熱いものに内側を擦られると、指のときとは似て非なる快楽が湧き上がってくる。特に、指では届かなかった最奥を突かれると、淡い茂みの中の突起を弄られたときのような鋭い快感が生まれることもあった。

繰り返されるうちに腹の底が熱くなってきて、やがてじゅわりと湧き出るものを感じる。

（今の、愛液が……？）

狼狽えているうちに、トレバー自身の動きが滑らかになり、ぐちゅぐちゅという粘ついた水音が聞こえるようになる。微かにあった痛みは快感に変わり、快楽の頂点を目指すことそこへと導いてくれるトレバーのことしか考えられなくなった。

「ああっ！　トレバーッ、トレバー……！」

「ルイーザッ、ルイーザ……ッ」

トレバーの動きが速くなっていく中、二人は固く抱き合ったまま、激しく揺さぶられながら互いの名を呼び合う。

「トレバーッ、あああっ、くるっ、くる……！」

譫言《うわごと》のように叫ぶと、トレバーは右手を繋がり合った場所へと持っていく。

「ルイーザ……！　一緒にイこう――」

淡い茂みの中の突起を摘まれると、ルイーザの下腹部に弾け飛ぶような衝撃が走った。

その瞬間、ルイーザは身体を仰け反らせ、四肢を強張らせてがくがくと震え始める。

「あ――――――！」

長い嬌声を放つ。固く閉じた瞼の裏で、ちかちかと星が瞬いた。

その間に、トレバーは一際強くルイーザの最奥を突き、震えながら自身を解放する。

下腹の中にトレバーの熱が広がっていくのを感じながら、ルイーザの意識は白く霞んでいった。


肌を撫でる温かな感触に、ルイーザはゆっくりと意識を引き上げられた。

（ここどこ……？　わたしどうしてたんだっけ？）

重たい瞼を開いてぼやんとした目で辺りを見回す。

ここが夫婦の寝室だとわかると、記憶がゆっくり戻ってきた。

（そうだったわ。わたし、とうとうトレバーと……）

恥ずかしさも少しあったけれど、くすぐったいような嬉しさが胸に込み上げる。

とはいえ夫婦の営みがこんなに疲れるものだとは思わなかった。体力をごっそり奪われてしまったようで、身体が怠《だる》い。そのせいか視界はぼんやりするし、肌に触れるものの感触も鈍い。

そういえば、肌を温かなものが撫でる感触がしたから目を覚ましたんだった。

それは今、脚に沿って下から上へと動いている。

頭を動かすのが億劫《おっくう》なので視線だけ下に向けると、トレバーが真剣な顔をしてルイーザの脚を見下ろしているのが見えた。どうやら身体を拭いてくれているらしい。

トレバーのやけに真剣な顔をなんとはなしに見ていると、彼は視線に気付いてルイーザを見た。

「あ」

ちょっと間抜けた低い声。トレバーはしまったと言わんばかりに口元を引きつらせた。

視線を少し泳がせたけれど、ルイーザにシーツをかけてから、観念したように謝罪する。

「ごめん。君の夜着が汗とかいろいろですごく汚れてしまって、そのままにしていたら風邪を引いてしまうから、脱がせないわけにはいかなかったんだ」

つまり、ルイーザは今、裸の身体をトレバーの前にさらしているというわけだ。

恥ずかしかったけれど、そのリアクションをする体力も気力もなかった。二人の身体が一つになる尊い体験をしたあとなのだから、裸を見られたくらいで騒ぐこともないという意識が芽生えつつあるというのもある。

脱がさないでと言ったことについては気にしないで、と告げるのは恥ずかしいので、ルイーザは別の言葉を選んだ。

「拭いてくれてるのよね？　ありがとう」

トレバーは目を丸くしたあと、照れくさそうに俯いた。

「喉が渇いたんじゃないかな？　果実水があるよ。あと湯冷ましも」

「湯冷ましをくれる？」

「わかった」

トレバーはベッドを下りる。ルイーザはシーツを胸元まで引き上げてからのろのろと身体を起こす。大きめのガラスのコップになみなみと注がれた湯冷ましを受け取ると、ルイーザは一気にあおった。よほど喉が渇いていたらしい。

「もっといる？」

「ううん。ありがとう」

コップを返すと、ベッドの端に腰掛けたトレバーはそれをサイドテーブルに置いて、目を逸らしつつ言いにくそうに言った。

「それでね。まだ肝心なところが拭けてないんだ。一番汚れたところだし、傷付けてないか確認したくて。その……拭いていいかな？」

ルイーザはかぁっと頬を火照らせた。皆まで言われずともわかる。心当たりの場所は一つしかないし、さっぱりした身体の中でそこだけがべたついて気持ち悪い。

恥ずかしさに目を回しながらルイーザは答えた。

「そ、そこは自分で……」

「ちゃんと拭ける？　――ああいや！　やっぱり傷付けてないか心配だよ！」

いつものトレバー劇場を始めた彼を見て、ルイーザは残念な気分になる。

（ここはロマンチックに言うところじゃないの？）

空いている手で髪をかき上げ、つっけんどんに言った。

「ちょっとの間、寝室から出ててくれる？」

するとトレバーは大きく仰け反った。

「ええっ!?　まさかの追い出し!?　あんなに情熱的に愛を交わしたあとなのに、追い出すなんてヒドいよ！」

「人聞きの悪いこと言わないで！　見られたくないからちょっと外に出てってって言っただけじゃない！」

「私はルイーザにだったら見せたいけどなぁ。見る？」

そう言って、トレバーは自身の上衣に手をかける。

「やめて！　見せなくていいから！　てか見せるな！」

「さっきより言い方がヒドい……」

「おかしなこと言うからよ！　さっさと出ていって！」

「どうしても自分で拭くっていうなら、傷がないかあとで絶対確認させてもらうからね」

「それじゃ自分で拭く意味ないじゃない！」

そのあともなんだかんだ言い合いをした末、ルイーザが言い負かされて折れた。

身体を横たえたままシーツに覆われた膝を立て、羞恥に耐えながらそろりと開く。

「こっち見ないでよ？　そっちもあまり見ないでね」

「うん。極力ご要望に沿うようにするよ」

温かい湯で絞った布で優しく拭われる。太腿や尻、下腹の辺りから中心へと向かって。

場所が場所だけに、愛撫されているみたいで落ち着かない。下生えは特に念入りに拭われる。

「一度洗ってきたほうが良さそうだ。ちょっと待ってて」

そういうことはいちいち口に出さないでほしい。ルイーザはシーツをぎゅっと握って羞恥に耐える。下生えもその奥も、軽く絞っただけの布と乾いた布で拭かれ、ようやく終わるかと思ったそのとき、生の指の感触がその辺りに這わされた。

ルイーザは驚いて身体を起こしかける。

「――！　何を……!?」

「汚れが残っていないか確認してるんだ。ルイーザ。君は気持ち悪いところはない？」

どさくさに紛れてなんて恥ずかしいことを言わせようとするのか。トレバーが気付かないのなら、「ない」と答えてあとでこっそり拭おうと思っていたが、気付かれないわけがなかった。

「ああ、やっぱり出てきてるか。ちょっと指を入れるよ」

言われるのと同時に、指先がルイーザの中に入ってくる。感じかけていた身体を刺激され、こらえ切れずに胸を喘がせてルイーザは文句を言った。

「なんでっ、そんなことする必要ないじゃない!?」

「拭っても拭っても出てくるから、中から掻き出さないと。言っておくけど、君のものだけじゃないよ。君と初めて結ばれて嬉しくて、私もたくさん出させてもらったからね」

「そういうことをっ、あっ、んっ、口にっ、出して言わないで……！」

羞恥に耐え切れず、ルイーザは両手で顔を覆う。トレバーはより深く指を沈めて掻き出しながら謝った。

「ごめん。君一人愛液をたくさん出したんだって言われるほうが恥ずかしいかと思ったんだけど」

「そっ、いう説明もいいから——あっ！」

「ごめん」

トレバーが大人しくなると、指の動きを余計に意識してしまう。それでルイーザは他に考えることを探した。

「痛くない？」

「そういうことも聞かないで。んっ、い、痛かったら言うから」

本当に痛くない。そこに大きなものが入っていた感じはまだするけれど、最初にあったひりつきさえ今はない。

そういえば、いいのだろうか？

「ね、ねえ……その、出しちゃっていいの？　――って、あぁ……！　変なことはやめてっ」

トレバーが掻き出す動きを止め、指を小刻みに震わせたので、ルイーザは慌てる。掻き出すのを再開しながら、トレバーは謝った。

「ごめんごめん。問題はないよ。全部を掻き出せるわけじゃないから。それに、私としては、ルイーザにそう簡単に懐妊してもらいたくないな。妊娠中はあまりしてはいけないと聞くからね。君をもっとたくさん愛したい」

最後の一言に、ルイーザはずっきゅんと胸を疼《うず》かせる。その瞬間、身体の奥深くからじゅわっと愛液が溢れるのを感じた。これまでの動きで快楽を高められているところに愛したいなどと言われたせいだ。

気付かれませんようにという願いも空しく、トレバーが不思議そうに言った。

「あれ？　また中がぬるぬるしてきた。なんで？」

トレバーの指が、そのぬるぬるとやらを掻き出すのではなくかき混ぜる動きを始める。中の感じる部分を擦られて、ルイーザは全身をびくつかせてしまった。

手で顔を覆ったままでも、ぴたりと動かなくなったトレバーから物問いたげな気配を感じる。

ルイーザは上擦りながらわめいた。

「トレバーがっ、いけないのよ！　触っ、たり、するから……！」

身体が昂りすぎて、身体がびくびく震えるのを止められない。そのまま快楽と羞恥に震えていると、身じろぎしたトレバーに頭を撫でられ、ルイーザはびくっとした。

「ごめん。じゃあ責任を取らないとね？」

「え——ちょっ、あっ」

トレバーが指を増やし、本格的に愛撫を始める。

「何すんの……！」

「だから責任を取るのさ」

ルイーザの膝の間に身体を割り込ませ、空いているほうの手でシーツ越しにささやかな胸の膨らみを寄せ上げる。それからつんと立った突起を口に含んだ。

ルイーザは両手で遮ろうとしたけれど、もちろんトレバーの力には敵わない。

「これっ、責任取るのと違うぅ！」

「気持ちよくなっちゃって辛いんでしょう？　ちゃんとイかせてあげるよ」

指を増やし、ばらばらと動かして中を広げようとする。

一度トレバーの大きなものを受け入れたからか、ルイーザの中はその動きに簡単に馴染んだ。身体の奥から愛液がまた湧き出し、溢れ出たものをトレバーが親指で敏感な突起に擦り付ける。ルイーザは瞬く間に快楽の階《きざはし》を駆け上がった。

「いやぁ！　わたしばっかり……！」

「うん。一緒にイこう」

指を引き抜いたトレバーが、ルイーザの膝に手をかけ、顔のほうに折りたたみつつ大きく脚を広げさせる。頑なに隠していた秘所が露わになり、恥ずかしい格好をさせられたのだけれど、快感に翻弄されているルイーザは気付かない。

「行くよ」

低く心地の好い声とともに、トレバーがぐっと押し入ってきた。最初のような入り口を広げられる圧迫感はほとんどなく、途中にあったひりひりした痛みもない。圧倒的な質感に中をこじ開けられるような感覚があり、それもトレバーが腰を動かし始めると快楽に紛れて消えていく。

「あっ、はぁん、んっ、んっ」

「ルイーザッ、可愛いッ、愛してる……！」

「ああっ！　トレバーッ、トレバー……ッ」

ルイーザはトレバーと二人して、後始末をしていたのを忘れて快楽に溺れる。

もう限界というところまで快楽が高まったところでトレバーがまた敏感な突起を摘まみ、ルイーザは絶頂の領域から突き落とされた。


ある日の昼下がり、ルイーザは身体にシーツを巻き付けただけの姿でベッドに座り、腿に乗ったトレバーの頭を撫でていた。

「あとでって言ってたのは、これだったのね」

手を動かしながら、呆れまじりにルイーザは言う。

トレバーは仰向けの状態で頭を撫でられて、うっとり目を閉じながら言った。

「愛する人に頭を撫でられるなんて幸せじゃないか。ゆっくり堪能できるときにしてもらいたかったのさ」

シーツ一枚隔てただけでトレバーの頭がルイーザの腿の上にある。以前のルイーザならば恥ずかしがって「嫌」の一択だっただろうが、ルイーザはそういう恥じらいをすっかり失っていた。

営みの後始末をしている最中に辛抱たまらず営みを再開し、気絶するように寝入っては、起きてまたすぐ睦み合う。そんな爛《ただ》れた生活を送っていては、倫理観も道徳観も保つのは難しい。初夜以降、ルイーザが会っているのはトレバーだけということもあって、「他の誰かに見られてるわけでもないし、まあいいか」という気持ちになっていた。

日中は暖かな日差しが入り、暖炉を燃やし続けているのもあって室内は温かい。トレバーもシーツを腰の辺りに掛けただけで、思いの外筋肉質な脚も上半身もさらけ出して寝転がっている。

「ルイーザ。次は何を食べたい？」

「んーと……ドライパイナップル」

トレバーは傍らに置いたトレイから器用にそれを摘まみ上げると、ルイーザの口元に運んでくる。

「はい、あーん」

しょうがないなと思いながらも、ルイーザはちょっとだけ首を伸ばして、ドライパイナップルを口に入れてもらった。さくっと咀嚼《そしゃく》すると、甘酸っぱい味が口の中に広がる。

初めて結ばれてからというもの、食事といえばだいたいこんな感じだ。干し果物の他にナッツ類や様々な食材をスライスしたパンに載せたカナッペなど、手で食べられるものを中心にベッドに持ち込み摘まんでいる。

いや、摘まんでいるのは主にトレバーで、ルイーザは彼に口まで運んでもらっていた。疲れ切って手を上げるのも億劫になったときに食べさせてくれたのが始まりだった。ルイーザが自分で起きて食べられるようになってからもそれが続いている。ルイーザが望んでのことでは断じてない。

（でもまぁ、こんな顔するならちょっとくらい付き合ってもいいかな……なんて）

咀嚼しているルイーザを幸せそうに見上げてくるトレバーを見ていると、そんな気持ちになってくる。

「次は何がいい？」

「バナナチップがいいわ」

トレバーはすぐにバナナチップを摘まみ上げ、ルイーザの口の中に入れる。

パイナップルやバナナは、ここティングハスト王国で生産されている作物ではない。遠い南の国々で作られていて、生での輸入はもちろんのこと、干して保存が利くようにしたものも、輸送費や税金がかかってべらぼうに高価《たか》い。南の国に滞在したときに食べて以来すっかり好物となったそれらをティングハストで食べられるのは、ひとえにトレバーのおかげだった。

トレバーは忙しい外交任務の傍ら、商会を運営している。最初は知り合いの商人に投資しているだけだったが、ルイーザが「返品してきて」と言って決して使おうとしなかった余分なドレスやアクセサリー、調度品などの処分を相談したら、その知り合いの商人からそれらを売る商会を立ち上げないかと言われたという。

トレバーの目利きがいいのか、単に外国の商品が珍しいのか、行く先々で手に入れティングハスト王国へ運ばれた品々は飛ぶように売れている。ルイーザの好物だからという理由で輸入販売しているドライパイナップルもバナナチップも、ガスコイン侯爵家での晩餐の折にデザートとして供されて、今ではティングハスト貴族の食卓に欠かせないものになっていると義母のバイオレットから聞いて驚いたものだ。

こりこりとした触感とねっとりした甘さを味わって呑み込んだあと、ルイーザは今更ながら言った。

「ねえ、折角輸入したものをこうして食べちゃっていいの？　これのお金はどこから出てるの？」

「私たちの私財からお金を出してるから大丈夫。奥様が倹約家なおかげでお金が溜まる一方なんだ」

「そんなにお金が余ってるなら、使用人のみんなに報奨金と長期休暇をあげてよ。長年わたしたちと一緒に各国を回って、どの国でも快適に暮らせるよう気を配ってくれたじゃない。知り合いもいない見ず知らずの国でそれをやってのけるのは、並大抵の苦労じゃなかったと思うの。そのくせ帰国してからもこの屋敷を調えてくれて。彼らもそろそろゆっくり休んでいいはずよ」

トレバーは呆れたように微笑んだ。

「君って人は……わかったよ。君の望み通りにする。あとでフレッチャーに話しておくよ」

「まっさきに休暇を取ってもらわなくちゃいけないのはフレッチャーね」

「ああ。けど、フレッチャーが休暇を喜ぶかどうか。仕事の虫だからね」

「わかるわ。そういう人には欲しいものを聞いてあげてよ」

「わかった。――ところでルイーザ。次は？」

「ううん、もういい。お腹いっぱい。そう言うあなたは？」

「私はこっちが欲しいかな」

トレバーはルイーザの項《うなじ》に手を回してきて、頭を下げてというように力を込める。ルイーザがその通りにすると、トレバーは頭を上げて残りの距離を縮め、ちゅっと軽く口づけした。

干し果物に似た甘酸っぱい気持ちが胸の中に広がる。

ルイーザの太腿の上に頭を下ろし、トレバーはふふっと笑った。

「何？」

「キス一つにも真っ赤になって動揺していた君が、変わったなって思って」

「恥じらいがなくなったって言いたいの？」

ルイーザがむっとして言い、トレバーの頭を自分の足から下ろして、身体ごとそっぽを向く。ベッドを大きく揺らし、弾みをつけて起き上がったトレバーは、シーツを巻いたルイーザを後ろから抱き締めた。

「心も成長してくれて嬉しいってことだよ。恥じらいがないほうが、思う存分愛し合える」

耳元で囁かれ、ルイーザはぞくんと身体を震わせる。耳から入った低く色香をまとった声が、身体の中心の欲望を刺激した。それに伴い心臓が早鐘を打ち、息が苦しくなってくる。

「こっちを向いて」

トレバーはそう口にしながら、ルイーザの頬に手を添え振り向かせる。その力に逆らわず振り返ると、彼の顔がすっと近付いてきて唇が重なった。ルイーザが薄く唇を開くと、トレバーの舌がするりと入り込んでくる。迎え入れたルイーザは、彼のそれに自分の舌を絡ませた。

初めてそれをしたのは、無意識下でのことだった。

二人達した直後のまだ一つに繋がっていたとき、絶頂の余韻に朦朧としながらキスを受け、何も考えないまま舌を絡ませてしまった。

すぐに我に返り、そのとき出せたありったけの力でトレバーを押し退けた。恥ずかしくて彼を見られず、目をぎゅっと閉じたのまで覚えている。

そんなとき、トレバーは自身を押し退ける細い腕を撫でさすってルイーザを宥め、優しい声音で言った。

——君に愛してもらえてすごく嬉しい。上手だったよ。

それからだったと思う。ルイーザの恥じらいが薄れていったのは。

そのときまで、ルイーザは女性から男性を求めるのは恥ずべき振る舞いだと思っていた。でもトレバーは、それを愛の行為だと言って褒めてくれた。欲望じゃなく愛だと教えられたことで、欲しいという気持ちを表に出すことに抵抗がなくなってきていると思う。

ルイーザの肩を挟むようにして始まったキスはすぐさま深まり、二人の欲望に完全に火をつけた。ルイーザは身体の向きを変えてトレバーの首に両腕を回し、トレバーはルイーザの身体をまさぐる。その大きな手が巻き付けてあったシーツを解いたと気付いても、ルイーザは騒いだりしなかった。それればかりか、トレバーを愛したいという思いのままに彼のさらりとしたシルバーブロンドの中に指を差し入れ掻き抱く。

トレバーはそれに合わせるかのようにルイーザを押し倒し、露わになった胸の頂を口に含んだ。

「あぁ……」

ルイーザの唇から甘い吐息が零れる。一旦口を離したトレバーがうっとりした声音で言った。

「可愛い、ルイーザ。もっと啼《な》いて？」

ささやかな胸を寄せ上げて頂をより上向けると、トレバーは今度は大きく口に含んだ。たっぷりの唾液の中で頂とその周りを舐めしゃぶられると、ルイーザは身体を反らせて身悶えずにはいられなくなる。

「あっ、あんっ、はぁんっ」

ルイーザの身体はすぐに昂ぶり、身体の奥底から愛液がとめどなく溢れてくる。

「ルイーザ。可愛い。愛してる」

トレバーはルイーザの腰に残っていたシーツを剥ぎ取り、快楽で力の入らない細い脚を割って秘所に手を滑り込ませてきた。そしてルイーザの中に指を沈め、新たに溢れてきた愛液を音を立ててかき混ぜる。くちゅくちゅという淫靡な水音が聞こえてくると、ルイーザは我慢できなくなってきて腰を揺らした。欲しいけれど、それを口に出して言えるところまではまだ恥じらいを捨て切れていない。

トレバーもそれをわかっているはずなのに、今回は何故か初めてのときのように入り口を丹念に解していく。

イきそうになって、ルイーザは首を振って快楽を散らしながら泣き言を言った。

「いやぁ……！　何っ、で……！」

「ごめん。試したいことがあるんだ。もうちょっと我慢して」

嫌な予感を覚えながらも、ルイーザは快楽に身悶えずにいられない。

ようやく指が引き抜かれたときには、我慢のしすぎで疲労を覚えていた。

「ごめん。疲れちゃった？　でも入れてから起きるより、起きた状態で入れていったほうが負担が少ないと思うんだ」

何の話かと聞く間もなく、ルイーザは抱き起こされ、トレバーの太腿に乗せられた。向かい合い、細い脚で彼の逞しい腰を挟んだ状態で。

横になっているときなら何度もしたことのある体勢だけれど、起きた状態では初めてだ。ルイーザはにわかに羞恥を覚え、顔を赤らめる。

そんなルイーザに、トレバーは優しく微笑んでとんでもないことを言い出した。

「少し腰を浮かせて、私を受け入れてみてごらん」

それを聞いて、ルイーザの頭の中は真っ白になった。

「初めての体位だし、君のペースでしたほうが、君も楽だろう？」

「なんでこんな姿勢でしなくちゃいけないの!?」

焦って問うけど、トレバーはにこにこして答える。

「ずっと同じ体位ばかりじゃ、そのうち飽きてしまうかもしれない。ものの本には、四十六だか四十八だかの体位があると書かれているというよ？　全部とは言わないけど、君といろいろ試してみたいんだ。――この体位だと、より深く繋がれるよ？　興味ない？」

「……」

ルイーザは黙りこくった。興味のあるなしを問われれば、あるとしか言えない。けれど、再び恥じらいが頭をもたげ、口に出すのにひどく抵抗を覚える。ルイーザの気持ちを察したのか自身が焦れたのか、トレバーはルイーザを抱っこするように引き寄せ、腰が浮くようにした。

「何はともあれ試してみよう」

トレバーが自身を手で動かして、ルイーザの入り口を先端で探る。

「――よし、合わさった。そのままゆっくり腰を落としてみてごらん」

抱き寄せられてとっさにトレバーの首に腕を巻き付けていたルイーザは、好奇心に負けて腕の力を緩め、そろそろと腰を落とし始めた。けれど彼の先端が入り口で引っかかり、強く押し付けられている感じがするのに入っていかない。

ルイーザは改めてトレバーのものの大きさを実感する。

これまで勇気が持てなくて、彼のものから目を逸らしてきた。たまにちらっと見えてしまったときや、入ってくるときの質感から大きいとは察していたけれど、今ほど大きいと感じたことはない。

体重を乗せるように腰を落としても入らず途方に暮れていると、トレバーがもう一度自身を手で動かした。

強く押し付け合っている互いの角度がちょっと変わると、愛液の滑りに助けられて先端がずるりと入ってくる。先の太い部分が入ってしまえば、あとは身体の重みだけでずるずると二人の腰は近付いていった。

いつもとは違う形での交合に、ルイーザは新鮮な快感を覚えて身悶えする。

「あぁ――――――」

細く長く嬌声を上げながら、ルイーザの尻はトレバーの胡坐の上に着地した。

嬌声とともに息をすべて吐き出したルイーザは、トレバーにもたれかかって足りなくなった空気を懸命に吸う。そんなルイーザの背を、トレバーはあやすように撫でた。

「よく頑張ったね」

ルイーザはむっとして首にしがみついていた腕を解き、トレバーの顔を見る。

「わたし、もう子供じゃないんだけど」

「わかってるよ。私も子供相手にこんなことはしない。――それにしても顔が正面にくるんだな。この体勢だと顔の前に胸がくると思ったんだけど。……ルイーザが小さいせいかな？」

考え込むトレバーに、ルイーザは「これだから天才は」と思う。トレバーに限ったことかもしれないが、彼は時と場所と場合に関係なく考え込む癖がある。いつもと違う体勢で深く繋がり合っているというのに、どうして他の事を考えていられるのか。

じっとしていられず腰を揺らし始めると、トレバーは気付いて「ごめん」と謝った。

「好きに動いてって言いたいところだけれど、初めての体位だから難しいよね。摑まっていて。私が動くから」

ルイーザが再びトレバーの首にしがみつくと、トレバーは器用に腰を突き上げ始めた。その動きに合わせて、ルイーザの口から喘ぎ声が零れる。

「んっ、あっ、あっ」

愛液で濡れそぼったルイーザの中を、硬くて太いものが行き来する。トレバーが言った通り、いつもより深いところに彼を感じる。でも難しい体勢のせいか、いつものような激しい律動はなく、ルイーザはなかなか絶頂の階に辿り着けない。

そのせいか快楽を追うことに集中できず、ルイーザの思考は先程のトレバーの言葉に行きついた。

――ルイーザが小さいせいかな？

ルイーザは大人の女性の平均。トレバーが大きすぎるのだ。それはともかく、これを言ったときのトレバーは心なしか嬉しそうな顔をした。

（やっぱり、小さいほうが好きなのかな……）

そう考えると、一度は決着がついたはずのことに疑問が生じてくる。

トレバーは、少なくとも今のルイーザを愛してくれている。でも、トレバーはルイーザが六歳のときから好きだと言っていた。身長も体型も顔立ちも、性格だって淑女教育のおかげでお淑やかになった……と思う。

(なのに、同じように好きってことある？　トレバーの「好き」を信じていいの？)

「ごめん、ルイーザ」

急に謝られてどきっとした。

(もしかして、わたしのことが好きじゃなくなったって言うんじゃゃ——)

トレバーが続けて口にしたのは、まったく別のことだった。

「この体勢だと上手く動けないな。ちょっと動くよ」

トレバーはルイーザの中に入ったまま、ルイーザをそっと横たえた。そして細い脚を両腕に抱え上げ、腰を振り始める。

繋がり合った場所がぐちゅぐちゅと音を立て始めると、落ち着きつつあった欲望に再び火が点いた。

「あっ、あんっ」

「この体位がやっぱり動きやすいね。どう？　気持ちいい？」

「あっ、やっ、そっ、んぁっ！」

彼の先端がイイところを突き、ただでさえ言葉になってなかった声が完全に意味を失くす。

トレバーは嬉しそうに言った。

「気持ちよさそうだね。さっきは焦らしになっちゃったから、今からは一気にイこう」

トレバーが律動を速める。それに伴い、ルイーザの思考は快楽に蕩けていく。そうなるとそちらに意識を向けるのが難しくなり、ルイーザは考えることを放棄した。

ルイーザを絶頂へと追い上げていくトレバーも、次第に息が荒くなってくる。

「ルイーザ……っ！　ああっ、愛してるっ」

(トレバーは今、こんなにわたしを欲しがってくれるじゃない。だから、いいのよ)

ルイーザは彼の声に応えるように名前を呼ぶ。

「トレバーッ、トレバー……っ！」

彼の名を呼ぶと残りの思考も消え失せて、ルイーザは快楽に没入していった。


別の日の昼下がりのこと。

「い……嫌……」

「どうしても嫌？」

ルイーザは急いで何度も頷く。

「これまでよりものすごーく気持ちよくなれるけど、それでも嫌？」

「……」

そうまで言われると嫌という言葉が出てこなくなる。かといって、やってみてなんて恥ずかしすぎて言えない。

黙りこくっていると、トレバーはルイーザの淡い茂みをするりと撫でた。

今、全裸のルイーザはベッドに仰向けになって膝を立て、股を開いている。同じく全裸のトレバーは、ルイーザが脚を閉じられないようにその間に自身の身体を割り込ませてルイーザに覆いかぶさり、真上から見下ろしていた。

汗で濡れそぼったシルバーブロンドを通して見える色気たっぷりな笑みに、ルイーザははしたなくも「して」と言ってしまいそうになる。だが、そこまで破廉恥にはなりたくない。全裸をさらすのもまだ恥ずかしいのに、それ以上のことをするなんて。

「ほんの少し、ほんの少し頷いてくれるだけでいいんだ。そうしたら、君が多少嫌がったってものすごく気持ちよくしてあげるって約束する」

またこれだ。最初に上手くいってからというもの、事あるごとにこの方法を使ってくる。あと一歩踏み出して寝室に入ってくれれば、ほんの少し頷いてくれるだけで。その程度の動作でいいのなら、口に出すよりも容易い。そうしてトレバーは承諾を得た上で、ルイーザの新しい扉を次々と開けていくのだ。

困ったことに、要求される動作が簡単すぎるため、ルイーザは流されてしまいがちだ。

今もほんの少しでいいと言われ、微かに頷いてしまった。

トレバーは欲情に耐えながらうっとりと微笑むと、膝を使って下へとずり下がっていった。そしてルイーザの両膝をより大きく割り広げる。それから下腹部のさらに下にある淡い茂みに顔を近付け、高い鼻先で茂みをかき分けると、その中の敏感な蕾に口を付けた。

重い快感が下腹部を直撃する。

「――！」

これまでにない強い刺激に、ルイーザは声なき悲鳴を上げた。

柔らかくも芯のある舌が、唾液をまとって茂みの奥を舐め回す。

恥ずかしさと気持ちよさで、ルイーザはどうにかなってしまいそうだった。

「んあぁ！　ああ！　そこ……！」

ルイーザは我知らず、トレバーに気持ちのいい場所を教えてしまう。

「ここかい？」

低く心地好い声と敏感な部分へ吹きつけられる吐息に、ルイーザははしたなくも身悶えする。

最初に嫌と言っていた慎み深さはどこへやら。ルイーザは快楽を求めてあられもない姿をさらした。

そんなルイーザを飢えた目で見つめていたトレバーも、とうとう我慢が利かなくなったらしい。身体を起こしてルイーザの両脚を逞しい肩に担ぎ上げる。

ルイーザが無意識に甘えて両手を伸ばすと、トレバーは幸せそうな微笑みを浮かべて身体を倒し、ルイーザを抱き締めながら、ゆっくりと二つの身体を一つにした。

二人一緒に絶頂を迎えたあと、まだ整わない息の下で、ルイーザはか細く問いかける。

「も……もう何日目？　外交官の務めや社交界はいいの……？」

「休暇を延長してもらったから大丈夫。両親から言付《ことづ》かっているよ。『外のことは気にしないで、子作りに励みなさい』って」

ルイーザはトレバーを押し退けて、がばりと起き上がった。

「!!　わたしたちが屋敷に籠もって何をしてるかご存じだっていうの!?　もしかして他の方々も!?　嫌！　もう！　そんなことが知れ渡ったら軽く死ねちゃう！」

押し退けられたトレバーは、気怠げに身体を起こしてルイーザを抱き寄せようとする。

「気にすることないよ。夫婦なんだから、蜜月くらいあったっていいだろう？」

並みの貴族の女性なら夫の腕に捕まって……となりそうなところだが、鍛えているルイーザはトレバーの腕を躱《かわ》して素早くベッドから下りる。

「まずは貴族がよく集まる場所に行って、籠もってたんじゃないアピールするわよ！」

先程までの気怠い空気はどこへやら、素っ裸のまま自分の寝室に走っていくルイーザを、トレバーはあっけに取られて見送るしかない。

こうしてルイーザとトレバーの蜜月はあっさり終了する。

五章

蜜月を切り上げたとはいえ、今は雪降りしきる一月下旬の冬のさなか。出掛けられる場所と言ったら商店街の他はチケットが必要な観劇や音楽会、すでに欠席の連絡を入れている社交の催しくらい。今の時期に公園に行ったって誰もいるはずがない。

仕方なしに、一番最初に出席の返事をした夜会に顔を出したルイーザは、いつもより明るい声で体調不良をアピールしていた。

「帰国してすぐ国務大臣の罪が明らかになったり、ガスコイン侯爵家の嫁として学んだり、新居を調えたり、わたし自身の誕生日の準備に追われたりで息つく暇もなくて、その疲れが出てしまったのか、数日寝込んでしまったんですわ。おほほ」

頑張って否定するけど、返ってくるのは生温い笑顔。それも、トレバーの態度のせいかもしれない。何しろべたべた付きまとう。以前と比べてスキンシップが多いのが原因だと気付いたルイーザは、トレバーを柱の陰へと引っ張っていく。

「前と同じような態度を取ってよ。今のあなたじゃ『何かありました』って吹聴しているようなものだわ」

トレバーはきょとんとして言う。

「それのどこがいけないんだい？」

「あなたには羞恥心ってものがないの？」

天才ゆえの弊害だろうか？　トレバーの感性はどこか一般の人とは違う。

トレバーは両手を大きく広げ、朗々と言った。

「私としては、君と名実ともに夫婦になれたことを広めて回りたい気分なんだ！」

「それやったら実家に帰らせてもらうからね」

すかさず言ってやれば、トレバーはお預けを食らった子供のようにしょんぼり言う。

「……どうしてもダメ？」

「絶っっ対ダメ」

ますますしょんぼりするトレバーを置いて、ルイーザは柱の陰から出てシャンデリアの光に照らされたフロアに向かった。


夫婦生活はほどほどにして社交に勤しむようになると、ルイーザは語学が堪能なことと各国の外交官夫妻との親交が厚いことが評判となって、トレバーの妻として貴族たちの間で次第に認められるようになっていった。

そうして半年が経ち、夏の始まりとなる七月に入った。夜も日中の暑さが残り、夜会会場となっている大広間の窓という窓が開かれて熱気を逃がしている。

何人かの夫人と談笑をしている最中、ルイーザは視界の端にとある光景を捉えた。

人目につきにくい物陰で、背の低い一人の女性が男性たちに囲まれていた。脂下《やに》がった男たちの表情を見て心配になったルイーザは、夫人たちに謝って談笑の輪から抜け、彼らの様子を窺うべく近寄っていく。助けが必要な状況だとわかったら、知り合いの男性か給仕の誰かに頼んでこっそり助けてもらうつもりだった。

下手に騒げば女性の評判に傷を付けることになる。男たちに囲まれて怖くて逃げられないのであったとしても、社交界の人々は『複数の男を手玉に取るふしだらな女』と捉えがちなのだ。

(信頼できる男性に頼めればいいんだけど……)

そう思って辺りを見回したときのことだった。

会いたくなかった人たちと目が合って、ルイーザは顔を引きつらせる。

今もなおトレバーとの結婚を諦めず、何かとルイーザに突っかかってくる伯爵令嬢とその友人だ。

もう四十代だけれど、容貌は美しく未だ衰えておらず、次期侯爵であるばかりか敏腕外交官としても名を馳せるトレバーは、彼女からすれば魅力的なお婿さん候補なのだ。しかも、ルイーザを離縁に追い込んでその後釜に座ることはよほど簡単だと思っているらしい。

目が合ってしまったのに彼女たちを避けたり無視したりすれば、それをあげつらってルイーザの悪評をかき立てようとするだろう。かといって今は相手にしていられない事情を説明しようものなら、わざと騒ぎ立てて事を大きくし、ルイーザに責任をなすり付けかねない。

ルイーザは女性を囲む男たちの集団を目の端に捉えながら立ち止まり、伯爵令嬢たちに向かって余所行きの笑みを浮かべた。

ゆったりと距離を詰めてきた令嬢たちは、嫌味たらしく微笑みながら話しかけてくる。

「あらあ？　今日は保護者の方と一緒にいないのねぇ？」

「守ってくれる人がいなきゃ何もできないくせに、一人でいて大丈夫なのぉ？」

ルイーザが普段トレバーや身分の高い人たちと一緒にいることを揶揄しているのだろう。守られている自覚はあるが、自分で自分を守れないわけじゃない。

「お気遣いありがとうございます。ですが心配には及びません。わたし強いので」

ルイーザはそう言って余裕の笑みを浮かべる。

こういう返しが来るとは思っていなかったのか、令嬢二人はたじろいだ。

ややあって、伯爵令嬢が負け惜しみのように唇の端をひくつかせて言った。

「そ、そうよね。あなたの強さには驚かされるわ。わたくしがあなたの立場だったら、恥ずかしくて人前に出られませんもの」

この言葉にかちんときて、ルイーザはつい言い返してしまう。

「どういう意味ですか？」

ルイーザをやり込められそうだと思ったのだろう。令嬢たちは調子を取り戻し始めた。

「どういう意味って、ねえ？」

そう言って目配せし合い、くすくす笑う。

何を言いたいのかはわかるけれど、ルイーザから切り出せば彼女たちの言い分を理解していると捉えられかねない。なので、苛立ちを笑顔の下に押し隠しながら問いかける。

「はっきりと仰っていただかなくてはわかりませんわ」

「賢いと聞いていたけど、大したことないのね」

「たった十一歳でどのようにして大人の男性を誑かしたかということよ」

「幼い頃はどれほど人目を引く美少女だったか知りませんけど、今のご自分を鏡で見て、身の程を確認したほうがよろしいんじゃなくて？」

(悪かったわね。昔も今も美人じゃないわよ)

心の中で悪態をつく。

ルイーザは男爵家の出だし、ティングハスト王国の王侯貴族があまり好まない赤毛だし、お世辞にも美人とは言えない。

そんなのとっくに分かっていたし、以前はさほど気にならなかった。なのにどうしたことだろう。今はとても胸が痛い。

「無様に放り出される前に、ご自分から出ていかれたらいかが？」

意地悪だけれど見目の良い伯爵令嬢に嘲られ、ルイーザは逃げ出したい衝動を覚える。それで気付いてしまった。

(わたし、愛される自信がないんだわ)

トレバーがどうしてルイーザを愛していると言うのかわからない。ルイーザコンプレックスだと言っていたけれど、あのときはトレバーも自分はロリコンじゃないと説明するのに必死で、ルイーザを愛する理由を説明できていなかったと思う。

愛されているとは思う。ベッドの中で、トレバーは飽くことなくルイーザを求めてくるから。でも、それは本当に愛なの？　そんなことを考えてしまうのは、自分が愛されるに値すると思えないから。

(わたし、どうしてこんなに弱くなっちゃったの？)

さっき「強いので」と言ったのはどの口か。

呆然としていると、新たな声が割り込んできた。

「そういうあなた方は、どれほどの方なのかしら？　嫌味を言ったり侮辱したりしていても、人様から品性を疑われたりしないくらいご立派なの？」

（誰？）

ルイーザを擁護したのは亜麻色の髪を優雅に結い上げた、儚《はかな》げで可憐な顔立ちの女性だった。小顔で背も低いから十代半ばにも見えるが、夜会に出席しているということは成人しているはずだ。しかも、髪を結い上げているから多分既婚者。

ルイーザは彼女を見て呆然とした。

（社交界に未成年がいるはずないと思ってたけど、童顔ならいてもおかしくないわ）

しかも美人。トレバーにとって、これほどまで都合のいい女性が他にいるだろうか。

女性の美しさと毅然とした佇まいに気圧《けお》されたのか、伯爵令嬢とその友人は及び腰になった。

「わ、わたくしたちは嫌味や侮辱なんて言っていないわ。本当のことじゃない」

「そうよ。本当のことを言って何が悪いの？」

「たとえ本当のことだとしても、言わないほうがいいこともあるんじゃないかしら？

――ねえあなたたち。この方たちが〝本当のこと〟を言っている姿を見てどう思って？」

女性が振り向いた先には、先程まで背の低い女性を取り囲んでいた男性たちの姿があった。さっきはでれでれ脂下がっていたけれど、今はまともに見える。彼らは、ルイーザを攻撃していた伯爵令嬢たちから気まずげに目を逸らしていた。

そんな彼らを見て、伯爵令嬢とその友人は自分たちがどんなに恥ずかしいことをしていたか自覚したのだろう。顔を赤らめ、言い訳のようなことをごにょごにょ口にしながら去っていく。

彼女たちの姿がまだ見えているうちに、女性はルイーザのほうを見る。

「お節介をしてしまったかしら？」

「いっ、いいえ。助かりました。ありがとうございます」

我に返り、心からのお礼を言うと、女性は嬉しそうに微笑む。

「どういたしまして。――あなた方もありがとう。わたしなんかに付きまとってないで、良いお嬢さんを見付けてダンスを申し込んでらっしゃい」

男性たちに取り囲まれていたのはこの女性だったようだ。ルイーザは安堵するのと同時に、未成年のように見えるこの女性がまるで年上のようにしゃべるさまにあっけにとられる。けれど男性たちは、彼女の口調を気にした様子もなく、名残惜しそうにお辞儀をして離れていった。

（どういうこと？）

混乱するルイーザに、女性はくすっと笑う。

「わたし、幾つに見える？」

「えぇっと……十八歳？」

「残念。二十四歳よ」

「――えぇぇぇぇ!?」

「しっ！　声が大きいったら」

ルイーザは慌てて口を塞ぐ。女性と二人顔を寄せ合い、こっそり周囲を窺う。悪目立ちしていないことが確認できると、同時に息をつき、それからくすくす笑った。

「わたしはアントニア・ボーナー。あなたは？」

「ルイーザ・カニングといいます」

アントニアは合点がいったように目を見開く。

「ああ。敏腕外交官ヴェレカー子爵の奥様なのね」

「あ、はい、そうです……」

トレバーとベッドを共にしたあとで初めて「奥様」と言われたせいか、妙に気恥ずかしくて顔を上げていられなくなる。それを誤解したようで、アントニアは憤慨しながら言った。

「さっき言われていたことなんて気にしなくていいわよ。子供が大人を誑かして結婚？　そんなのあるわけないじゃないの。貴族の娘は親の決めた結婚に従うしかないっていうのに」

実感の籠もった話しぶりに、ルイーザの脳裏で閃《ひらめ》くものがあった。

「あの、もしかしてあなたも？」

アントニアはほんの少し目を逸らし苦々しく言った。

「ええ。わたしが初めて結婚したのは十六歳だったわ。両親が作った借金のカタにね」

ルイーザは相槌を打つこともできなかった。

未成年で結婚した点は同じなのに、アントニアとルイーザの事情は違いすぎる。ルイーザは初恋の人と結婚できて、途中なんだかんだあったものの今は幸せに暮らしている。でも借金のカタとして結婚したアントニアは幸せとは言い難いようだ。

こんなときなんと言えばいいのか。考えるけれど、言葉が見つからない。

困っていることが顔に出てしまったのだろう。アントニアはころころ笑った。

「そんな顔することないわ。一人目の夫とも二人目の夫とも死に別れたけれど、今はそれなりに幸せな未亡人生活を送ってるんだから――ってちょっと泣かないでよ！　一人目の事故死はともかく、二人目は大往生だったんだから。ああほら、これでも飲んで」

アントニアは近くを通った給仕からグラスを二つ受け取ると、一方をルイーザに押し付けてくる。

グラスの底で揺れているロゼ色の液体は、十中八九酒だろう。トレバーから渡された飲み物しか飲まなかったときの習慣で、ルイーザは飲むのを躊躇う。

自分のグラスから一口飲んだアントニアは、ルイーザがグラスを眺めているのを見て気付いたようだ。

「あ！　初対面で怪しいわたしから受け取った飲み物なんて飲めないわよね？」

悲しそうに微笑むアントニアを見て、ルイーザは思い立つ。

（未成年だったから飲むなと言われてただけで、もう未成年じゃないから飲んでいいはず）

量も少しだしと思い、ルイーザはグラスをあおって全部飲み干した。舌や喉がかっとして、味はよくわからない。飲み終えたあと、複雑な香りが鼻を抜けていく。少しすると頭がぐらりと揺れた。

目を丸くするアントニアに、ルイーザはへへっと笑った。

いい気分だ。ふわふわして、床を蹴ればどこまでも飛んでいけそうな気がする。

「大丈夫？　何も一気に飲まなくたって良かったのよ？　ああでも、涙は止まったみたいね」

ほっとしたように言うアントニアの隣で、ルイーザは滂沱《ぼうだ》の涙を流し始めた。

「ちょっと！　止まったって言ったそばからなんでまた泣くのよ!?」

ルイーザはしゃくり上げながら答える。

「だって涙って言われたから……！　二人もっ、夫を亡くしたなんてツラい……って思って……！　わたしなんてっ、トレバー一人亡くしたって、想像しただけでっ、こんなにもツラい——うわあああん!!」

「あなた泣き上戸!?　グラス一杯でどうして酔っ払えるのよ!?」

その後の記憶はルイーザにはない。


翌朝、ルイーザは激しい頭痛に叩き起こされた。それで昨夜、酒を飲んだのを思い出す。

(これが噂の二日酔い？)

なんて考えて余裕こいていたら、より激しい痛みが襲ってきた。

「痛ったたたた……」

たまらず呻くと、傍らのぬくもりが動き、ベッドが揺れた。

「ああやっぱり。ちょっと待ってて」

低く心地好い声がして、ぬくもりが離れていく。頭を押さえ目も開けられないルイーザのところへ、トレバーはごろごろとワゴンの音を立てて戻ってきた。ベッドの揺れで、彼が側に腰掛けたのがわかる。

「起きられる？」

「無……理……」

「今から二日酔いの薬を飲ませてあげるから、ちょっと我慢してね」

わずかな間を置いたあと、トレバーはルイーザを抱き起こして唇を重ねてきた。

こんなときに何を――と思った次の瞬間、薄く開いた唇から薬を流し込まれる。

苦い。良薬は口に苦しとはいうが苦すぎる。勧められたとはいえ、お酒を飲むことに決めたのはルイーザだ。自業自得だと自分に言い聞かせ、苦さを我慢しながら飲み下した。

「よく頑張ったね。次は口の中を洗い流そう。自分で飲める？」

薬を飲んだという安心感からか、頭痛は多少和らいでいた。小さく頷くとトレバーはルイーザが座れるように抱き起こしてコップを渡してくる。

最初の一杯は湯冷まし。口の中を濯《すす》ぐように飲み干す。

「じゃあ今度は口直し」

コップに新たに注がれたのは、ほんのりと蜂蜜味を感じる果実水だった。酸味もあってさっぱり飲みやすい。湯冷ましで洗われた口の中は爽やかな味に塗り替えられた。コップ一杯飲んだあとだから飲めないと思っていたのに、トレバーに促されてコップの中はまた空になる。トレバーはルイーザの手からコップを取り上げワゴンに置くと、そっと横にならせてくれた。

「薬は飲んだし、あとは水分をたくさん摂って寝るといいよ。社交は今日明日はお休みにすることにしたよ。先方には急病の連絡を入れておいたから」

「あ……ありがと」

「残りはここに置いておくね。足りなくなったら呼び鈴を鳴らすんだよ？　それじゃあ、君の睡眠の邪魔にならないよう、私は退散するよ」

寝室を出ていくトレバーを見送りながらルイーザは申し訳なく思う。社交の場で酔っ払うなんて失態もいいところだ。外交官の妻として、侯爵家の嫁として恥ずかしい。叱責を受けても当然だと思うのに、トレバーは怒らなかったどころか逆に気遣ってくれさえした。

その優しさに感謝したルイーザは、昨夜の失態の話はこれで終わったと思っていた。

ところが、夕食後のお茶をソファで並んで楽しんでいるときのこと。

「ルイーザ、体調はどう？」

何気なく声をかけられ、ルイーザは二日酔いから解放された喜びにうきうきしながらトレバーのほうに顔を向ける。

「頭痛もすっかり治ったし、元気よ。その、いろいろしてくれてありがとう。これなら――」

明日の社交を欠席することなかったわ、と続けようとしたところで、トレバーの表情が目に入ってそのまま固まってしまった。

舌なめずりするような雰囲気を漂わせる笑みに、ルイーザは本能的に警戒する。

「ええっと……明後日には社交を再開することだし、大事を取って今日は早く休もうかしら？」

トレバーはルイーザには嘘を吐けない男だが、ルイーザも嘘が下手だ。

「日中ずっと寝ていたのに、これから寝られるの？」

ここで「もちろん」と言えない自分がうらめしい。視線を泳がせ返答に窮していると、トレバーは逃がさないとでもいうように肩を抱いてくる。

「寝られないなら丁度いい。次に社交界に出る前に必ずやらなければならないことがあるからね」

妖しい流し目を向けられて、ルイーザはぞぞっと怖気立った。その様子からして、トレバーが何かよからぬことを考えているのは間違いない。できたら遠慮したいけれど、避けて通れなさそうだ。

「やらなければならないことって、何？」

躊躇いがちに聞いてみれば、妖しい目をしたままトレバーは唇の端を上げた。

「君の酒量を確かめることだよ」

ルイーザは顔を引きつらせた。

そういえばそうだった。でもようやく二日酔いが治ったところなのに、また二日酔いになる危険を冒したくない。何よりトレバーの様子がおかしい。これは回避すべきだと、ルイーザの本能が訴えている。

「ま……また今度じゃダメ？」

覆いかぶさってこようとするトレバーの肩を押すけれど、トレバーは首を伸ばして顔を近付けてくる。

「どうして？　社交界に早く戻りたいんだろう？　酒量の確認も大事だけれど、君には酒の知識も必要だ。何が起こるかわからない社交場で初めて酒を飲むなんて無防備すぎる。酒量を確かめつつ、酒の味と種類を教えていこう」

「ね、ねえ。なんか怒ってない？」

「怒ってないですよ。初めてのお酒を私以外の人と飲んだくらいで、私は怒ったりしません」

「その胡散臭い敬語！　やっぱり怒ってるんじゃない！」

「私が怒っているということにどうしてもしたいのでしたら、お仕置きを受ける覚悟があるんですね？」

「なんでこんなことでお仕置きを受けなきゃなんないの!?」

「こんなことじゃないですよ。あなたの初めてを奪われてしまったんですから」

(あ。これ逆らっちゃいけないやつだ)

トレバーのいつにない狂暴な笑みを見て、ルイーザはそう悟った。

ベッドに横たえられながら、ルイーザは鈍った頭で考える。

（道理でお風呂に入ったあと、夜着を着せられて寝室に戻されたわけだわ……）

夕方に目を覚まし夕食前にお風呂に入ったのだが、もうすっかり元気だと言ったのに「もう少し大事を取られたほうが」とかなんとか言いくるめられ、そのあと夕食だというのに夜着の上にガウンを着せられ、寝室まで送られた。それらは多分トレバーの指示で、彼は最初からこうするつもりでそのような指示を出したというわけだ。

ワイン、シードル、ウイスキー、ブランデー……トレバーが一口飲み、彼の口に残った味を、ルイーザはキスで味わわされた。

酒で酔ったのかキスで酔ったのかわからない。

なのに、トレバーはルイーザを見下ろし嬉しそうに微笑んで言った。

「ルイーザ。君は相当酒に弱いみたいだ。社交場では極力飲まないほうがいいね。でも付き合いもあるから、私が弱い酒を選んであげよう。私が選んだ飲み物以外、口を付けてはいけないよ」

（それって束縛だわ）

ルイーザはぼんやりした頭でそう思う。

昨夜の夜会で出会ったアントニアがしたように、社交の場では気軽に飲み物を渡してくる人が多い。彼女のように、その場で飲むよう勧めてくる人もいるだろう。

もちろん、信用できない相手からの杯は断ればいい。相手は恥をかくことになるが、信用されていないのに飲み物を勧めるほうが悪い。その理屈で言えば、初対面の人から受け取った飲み物を飲んだルイーザの行為だって褒められたものではない。反省すべきだ。

だが、中には飲まなければ失礼に当たる相手がいるかもしれない。

つまり、社交場で穏便に過ごそうというなら、トレバーと行動を共にするしかない。それは過保護を通り越して束縛だと思う。

以前のルイーザは束縛されれば反発していただろうが、今は嫌な気がしない。それどころか、この程度なら愛を感じてしまって困る。

トレバーは傍らに引き寄せてあった酒のワゴンから、小瓶を一つ取り上げた。中身を一口、口の中で転がすようにして飲み下すと、ルイーザの頬に手を添え顔を近付けてくる。

「今日の勉強はこれが最後だ。よく味わってごらん」

重ねられた唇から、ルイーザはトレバーの口の中に舌を差し入れる。今宵の勉強の最初にそうするよう言われたときは抵抗感があった。が、酔って羞恥を失っている今は、言われる前に自分から舌を差し入れ、彼の舌に残ったわずかな酒を味わう。

トレバーが今日は最後と言った酒は、とろりとした甘味の中に多少酒精を感じるといった風変わりなものだった。

酒の味を感じられなくなった頃、トレバーが唇を離して言った。

「これはリキュールといって、これでも立派な酒の一種だ。飲みやすく、カクテルのような女性に人気の飲み物に入れられて供されることが多い。これなんかは濃厚なシロップを加えてあるから美味しいだろう？　こういう風味の飲み物には特に注意して。意外と強いから、酒に慣れてないとすぐに酔う」

お酒と言われて信じがたかったけれど、少しすると酩酊感を覚える。頭に靄がかかり、目がとろんとしてくる。

「さて、と。残りはどうしたものか。君に飲ませるとまた二日酔いになりそうだ」

手にしている小瓶を見つめながら首を傾げたトレバーは、「ふむ……」と考え込んだあと言った。

「夜着を脱がせるよ」

「は……え？」

なんで？　という疑問が頭に浮かぶ前に脱がせられ、ベッドに横たえられる。

「傷は……なさそうだね」

露わになった身体をしげしげと眺められ、ルイーザは顔だけでなく全身が火照るのを感じる。

「傷が、どうしたのよ？」

「傷があると沁みてしまうからね」

トレバーはそう言って、ルイーザの身体の真上で小瓶を傾ける。

とろみのある液体が糸を引くようにつうっと下りてきて、胸の谷間から腹にかけて濡らしていく。身体の熱で酒精が飛んでいるのか、火照った身体にひやりと気持ちいい。

液体が臍にまで流れ込んだところで、トレバーは小瓶の口を上げ、ワゴンに戻した。

少し酔いが醒めて我に返ったルイーザは、状況に気付いて狼狽える。

「こ……こんなことしてどうするのよ？　もったいないから飲むんじゃなかったの？」

ルイーザがいつもの調子を取り戻したことに気付いたトレバーは、悪戯っぽく笑って答える。

「うん、飲むよ。まあ舐めるといったほうが正確なんだけど」

そう言いながら、トレバーはルイーザの胸元に顔を伏せた。

熱い舌が、ひやりとした液体を丹念に舐め取っていく。今までの舌での愛撫ともまた違う、液体を舐め取ろうとする不規則な動きに、ルイーザはくすぐったさを感じて身を捩ろうとする。

「ちょ……！　やめっ」

「暴れるとシーツにまで垂れてしまうよ？」

それを聞き反射的に動くのを我慢した。するとくすぐったさは熱い疼きに変わっていき、それが逃げ場を失い、ルイーザの身の内でぐるぐるとうねり出す。解放したくて切羽詰まってくるのに、シーツを汚したくないという思いからじっと耐える。

「ふっ、く……っ」

噛み殺し切れない喘ぎが恥ずかしくて、ルイーザは目元を染める。そんな顔を、声に反応して頭を上げたトレバーに見られてしまった。

「……何よ？」

恥ずかしさを隠したくてジト目で睨んだけれど、ルイーザと何度も睦み合って自信をつけたトレバーには効きやしない。嬉しそうに目を細めて言う。

「気に入った？」

「誰が!?」

すかさず否定したけれど、トレバーは意に介した様子もなく、それどころかわかってるよと言わんばかりの笑みを浮かべて再び顔を下ろしてくる。

「もちろん、君がだよ」

次の瞬間、臍の穴に舌先をねじ込まれる。

「ひぁっ！」

直接触れられたわけでもないのに淡い茂みの奥の突起が疼き、ルイーザの腰が勝手に跳ね上がる。トレバーはルイーザの腰をベッドに強く押し付け、硬く尖らせた舌先で臍の突き当たりをぐりぐりと嬲《なぶ》った。ルイーザの腰は押さえつけられていてもなおびくびくと跳ね、喉からは勝手にあえかな声が零れ落ちる。

「あっ……あぁっ……んっ……はっ……」

頭がくらくらするのは酒の匂いのせいでまた酔ってきているからなのか、気持ちよすぎて理性が飛びかけているせいなのか。

トレバーが不意に離れ、ルイーザは愛撫から解放された。意識にかかっていた靄が薄くなってくる。トレバーはワゴンからお酒の瓶を選んでいた。その様子をぼんやり見ていると、うきうきした様子で振り返った彼と目が合う。

トレバーは笑顔を固まらせ、あたふたと言い訳を始めた。

「これは、その、君が気持ちよさそうだから別の酒でも試してみようと思って」

ルイーザが腹を立てるとでも思ったのだろうか。視線を泳がせ目を合わせようとしないトレバーに、ルイーザはまだ上手く回らない頭で問いかけた。

「トレバーは大丈夫なの……？」

バツが悪そうだったトレバーは、ぽかんとしてルイーザに視線を合わせる。

「え？」

「強いお酒なんでしょ？　そんなに飲んで大丈夫なの……？」

ルイーザの問いかけに得心がいったトレバーは、嬉しそうに目を細めた。

「心配してくれたのかい？　このくらい大丈夫だよ。実を言うと、どんなに飲んでも酔った試しがないんだ」

ルイーザは驚いた。六年も一緒に暮らしているのに、まだ知らないことがあるなんて。

そんなルイーザを見下ろしながら、トレバーは新たに手にした酒を自身の手のひらに取り、ルイーザの胸に塗り広げた。

「少し大きくなってきたね。前の慎ましやかな胸も好きだったけれど、今の熟しつつある果実のような胸も好きだよ」

胸を褒めるようなことを言われ、さすがに忘れていた羞恥が込み上げてくる。それは愛撫で灯された官能の火とともに、ルイーザの頬を上気させた。

酒をルイーザの胸に塗り込んだトレバーは、今度はそれを舌で舐め取っていく。

身体が疼いて息が上がってきた。

ルイーザは口元に手の甲を当て、口から漏れ出そうになる声をこらえる。

「んっ、ふ……っ」

なんでこんなことをするのかと疑問だったけれど、だんだん理由がわかってきた。

酒を塗り込められてひやりとした肌を、熱い舌で舐められていくことの気持ちよさと背徳感。辺りには酒精の匂いが漂って、軽い酩酊がいつまでも続く。

ルイーザがまた羞恥を忘れて与えられる快楽に身悶えていると、やがてトレバーは背後から繋がってきた。

ルイーザの秘所はほとんど触れられていなかったのに、快楽で中がすっかり緩み、愛液を滴らせていた。トレバーの大きな雄芯を易々と呑み込み、貪欲にうねって快楽を搾り取ろうとする。

「酒には酔わないけど、君の肌には酔いそうだよ」

背後からルイーザを抱き締め緩やかな律動を繰り返しながら項《うなじ》を舐めていたトレバーが、不意に唇を離してそう言った。

＊　＊　＊

ルイーザと接触した夜会の翌朝、遺産相続で手に入れた高級アパートメントの豪華なソファに沈むアントニアの姿があった。

「エラい目に遭ったわ……」

「お疲れのようで」

そう言ってお茶を出したのは、アントニアが雇っている使用人ではない。このアパートメントに出入りを許している商人だ。名をリチャードという。

二人目の夫が生きていた頃はただの出入りの商人だったが、夫が亡くなり使用人たちが本家に引き揚げたその日から、アントニアの世話とアパートメントの管理を始めた。夫が生きていたときより快適に過ごせているので、リチャードの好きにさせている。信頼できる使用人を一から探す手間もなく、何より給金を請求されないのがいい。また、上辺だけの友達しかいないアントニアにとって、本音で話ができる唯一の人材だった。

　お茶を一口優雅に飲むと、いささか乱暴にティーソーサーに戻し、アントニアはわめいた。

「聞いてよ！　あの小娘、たった一杯のワインで酔っ払って、危うく罪人にされるところだったんだから！」

「何があったんですか？」

　リチャードが淡々と問うと、アントニアは愚痴っぽく話し始める。

「あの小娘泣き上戸だったみたいで、グラスにちょっとだけ入ってたワインを飲みほしたかと思ったらわんわん泣き出して、そのあとすぐ寝ちゃったのよ。おかげで悪目立ちするし、ワインに何か仕込んだんじゃないかって疑われて王都警備隊に突き出されそうになったの」

　興奮して喉が渇いたアントニアは、程よく冷めたお茶をぐいっとあおる。ソーサーに戻されたティーカップにおかわりを注ぎ、リチャードは同情すると言わんばかりの抑揚を込めて言う。

「それは災難でしたね」

「でも救いの手を差し伸べてくれる人がいたの！」

アントニアは両手を胸の前で組み、祈りを捧げるように宙を見上げる。昨夜の感動に浸っているせいか、リチャードの声が低くなったのに気付かなかった。

「そのような奇特な方はどなたです？」

「あの噂のヴェレカー子爵よ！　小娘の様子を確認して、酔って寝ているだけだって証言してくれたの！　あれは絶対わたしに気があるわね。試しにちょっと小娘に近付いてみただけだったけど、大きなチャンスの到来になったみたい」

うきうきしながら話すアントニアの傍らで、リチャードがこっそり溜息を吐く。

「……よりにもよって、トレバー氏をターゲットに選びますか」

「何か言った？」

「いいえ、何も。――ヴェレカー子爵は頭が切れるし、愛妻家としても有名です。金蔓《かねづる》には不向きじゃないでしょうか？」

「馬鹿ね。彼は金蔓候補じゃないわ。夫候補よ。彼、ロリコンだっていうじゃない？　そろそろあの小娘から興味が薄れてきていると思うの。彼女、年相応の容姿をしていたから。たとえ敏腕外交官として名を馳せていても、妻が成人するたびに離婚して子供と結婚し直すなんてできないと思うの。その点、私ならずっとこのままの容姿だろうし美人だし、ヴェレカー子爵の妻にうってつけだと思うのね」

リチャードが、珍しく少々焦って言った。

「待ってください！　今まで既婚者をターゲットにしても金品をせしめるだけで済ませていたのに、ヴェレカー子爵とは結婚したいというのですか？」

　アントニアは呆れて溜息をついた。

「当たり前じゃない。今まで結婚する価値のある男性に巡り会わなかったんだから。その点ヴェレカー子爵は容姿が良くて、身分も名声も地位もある。ガスコイン侯爵家は裕福だと聞くから、きっとお金もたくさん持っているわ。結婚相手にうってつけだと思わない？　わたしはね、男たちから金品を巻き上げて暮らす生活を続けたいわけじゃないの。できるなら結婚して、安定した生活を送りたいのよ」

　呆然としながらアントニアの言い分を聞いていたリチャードは、急に自身の胸元をかきむしった。

「私という者がありながら、ヴェレカー子爵を選ばれますか！　ああ胸が痛い。私はずっとあなたに尽くしてきたのに」

「あんたの言い方は白々しいのよ。それに、わたし儲けさせてあげてるじゃない。男たちにはあんたのところでプレゼントを買わせてるし、要らないプレゼントはあんたのところで売ってるし。このくらいのサービスは当然でしょ？」

　カップを持ってちょっと上げてみせれば、リチャードは前から行っている執事の真似事を指していると察して嘆く。

「長年の奉仕を真心として受け取っていただけないなんてあんまりです～」

そんなリチャードに、白けた視線を送った。

「何が真心よ？　わたしの言動に勝手に傷付いて悶えるマゾ男が。ともかく期待してなさい。わたしが侯爵家の嫁になったら、もっと儲けさせてあげるから」

言い終えると、アントニアは不敵な笑みを浮かべた。

＊　＊　＊

トレバーのいかがわしいお酒指南から二日後、夜会に出席したルイーザは、ダンスフロアから外れた会場の一角で、仲良くしてくれている既婚女性たちに取り囲まれていた。

「先日は急病で社交をお休みなさったそうですけど、大丈夫ですの？」

「はい。その節は申し訳ありません。今はすっかり」

「今が大事な時期ですからね。無理はなさらず、ちょっとでも具合が悪くなったら休んでちょうだいね」

「あ……ありがとうございます……」

（恥ずかしくて泣きそう……）

これは間違いなく、懐妊したと勘違いされている。遠回しに言われるので、どう否定したらいいかわからない。さっきまで一緒にいたトレバーがにこにこしながら、妻が妊娠したときの夫の心得に聞き入っていたから、結果誤解を肯定するという珍妙な事態になった。

(そういえば、トレバーはどこに行ったの？)

いつもなら、いつどこへ誰とどれほどの時間で戻るかなど、しつこいくらいに言っていくのに。

そこはかとなく不安を感じたルイーザは、「すみません。ちょっと……」と言って女性たちの輪から抜けた。御不浄だとでも思ったのだろう。女性たちはすんなり解放してくれる。

女性たちから離れて辺りを見回したルイーザは、ダンスフロアを素通りした視線を慌てて戻した。

(嘘でしょ？)

目に飛び込んできたのは、一際背の高い男性と、小柄な女性が踊っている姿だった。男性は言わずもがな、ルイーザの夫トレバー。女性はというと。

(アントニアさん……)

信じられない思いだった。

(他ならぬあなたが言ったんじゃない。アントニアさんは悪女だから近付くなって)

一昨夜のお酒指南のあと、社交界に復帰するにあたってトレバーから教えられた。アントニアは儚げな容姿と不幸な身の上を利用して男性の気を引き金品を巻き上げる悪女だと。結婚していようが婚約者がいようがお構いなしで、女性も平気で傷付けるから近寄ってほしくないと言われた。ティングハストの社交界に出るようになってすぐ耳にした噂の女性はアントニアのことだったらしい。

教えてくれた夫人たちやトレバーが言うような悪い人には見えなかったけれど、彼の言う通りにすると約束した。一度は拒んだけれど、快楽責めで近寄らないと言わされたからだ。腹は立つけれど、そこまでして彼女に近付いてほしくないのなら、言う通りにしてあげてもいいかなと思っていた。

(なのになんなの？　自分は近付くどころかダンスまでして！　しかもきらっきらしい笑顔で！)

聞いたことがある。男性は妻と浮気相手にあまり接触してもらいたくないと。浮気を隠している場合、接触によって露見してしまうこともあるから。

(浮気してたんなら、近付いてほしくないのも当然よね)

むかむかして腹が立つ。

心変わりしたのなら、そう言ってくれれば離婚してあげたのに。内緒でこそこそ付き合って、こんなふうに浮気の事実を突きつけてくるなんて酷い。

そう。ルイーザは怒っていいはずだ。ダンスフロアにいる二人のところまで行って、ア

ントニアに近付くなと言ったトレバーの真意を問い質《ただ》すくらいには。

なのに何故そうせずに、二人から逃げるように会場を飛び出し、重たいドレスを引きずって暗い庭園の中を走っているんだろう。

人の背丈より高い庭木で視界が遮られた小道を駆け抜け、小庭に出たところでようやく足を止める。息を整えながら落ち着きを取り戻すと、衝動的に走ってしまった原因を思い起こさずにはいられなかった。

(美男美女でお似合いだった……)

だが、ルイーザが一番ショックを受けたのはそこではない。アントニアが十代半ばにしか見えない容姿をしていることだった。

ロリコン疑惑が再び頭をもたげる。トレバーは否定していたけれど、本当は未成年のような外見をした女性のほうが好きなのではないだろうか。だとしたら、アントニアはトレバーの理想そのものだ。二十四歳なのに未だ十代半ばにしか見えなくて、しかも美人。

(浮気されても仕方ないよね……)

目にじわりと涙が滲んで、ルイーザは瞬きして溢れそうになった涙を目に留める。

(でも、だったら昨日までのトレバーは何だったの?)

初めての酒をアントニアと飲んだだけで嫉妬して、勉強という名のお仕置きをしたり。

ルイーザに甘えるように膝枕と頭を撫でることを強請《ねだ》り、幸せそうに表情を緩めながら干し果物を食べさせてくれたり。

初めて結ばれた夜の、あの言葉が思い出される。

――怖いよ。嫌われるようなことをして、君に本気で逃げられてしまったらと思うと、死にそうなほど怖い。

あんな臆病なことを言った人が、そう簡単にルイーザへの想いを失うものだろうか。

あのダンスには、何か理由があったのかもしれない。

そんな考えが頭の中をふと過り、ルイーザは確かめようと決意した。

善は急げとばかりに会場へ戻ろうとしたそのときだった。

月のあるほうの入り口から小庭へと人が入ってきたのは。

そのときになってようやく、ルイーザは自分が迂闊《うかつ》なことをしたのに気付いた。こんなひと気のないところでは、何かがあっても助けを呼ぶことができない。

入ってきたのは、背格好からして男性貴族のようだった。ならばマナーもわかっているはず。先客がいるのに一言もなく入ってくるのは無作法だ。マナーを守れない人物は他にも問題行動を起こすことがある。関わらないほうが無難だ。

ルイーザは警戒しながらもさりげなく、男とは逆の入り口から出ていこうと身体の向きを変えた。

「おい。挨拶もなしに行くのか？」

見ず知らずの人物から挨拶しろと言われる筋合いはない。けれど、聞き覚えのある耳障りな声に、ルイーザの足は凍り付いた。

小さな庭だ。中央に花壇があっても数歩で男は反対側にいるルイーザの側に辿り着く。ルイーザは二の腕を摑まれ、強引に振り向かされた。

「薄情だな。顔も忘れたのか？」

最後に会ったのは六年以上前だけれど、子供だったルイーザと違って、目の前の人物は当時成人年齢に差し掛かっていた。今やすっかり大人になりくたびれた感じがするけれど、見覚えのある面長な顔と人を見下す不快な視線は、月明かりだけでも見て取れる。

ジェレミー・ギャスリン。父親の実家であるゴーイル伯爵家の人間で、ルイーザの従兄。王太子暗殺未遂の一件で処罰された伯父の息子だ。

「薄情なのは前々からか。――おまえたち家族だけ、処罰を免れやがって」

毛嫌いしていたはずの平民の言葉遣いで、ジェレミーは憎々しげに言う。

(これはマズいわ)

ジェレミーは祖父や伯父とともに貴族の身分を剝奪され、小作人となってどこかの土地で農作業に従事していたはずだ。なのにここにいるなんて、悪い予感しかしない。

とにかく、逃げるための隙を作らないと。

ルイーザは慎重に問いかけた。

「あなた一人？　伯父様や伯母様、お祖父様はどうしてるの？」

ジェレミーは荒んだ笑みを浮かべて答えた。

「知らねぇよ。逃亡防止とかで別々の場所に送り込まれたからな。『逃げたら家族がどうなるか』ってやつだ」

家族思いなルイーザは、それを聞いて怒りが込み上げてきた。

「じゃああなたは、家族が自分の代わりに罰を受けるとわかっていて逃げ出した、人でなしってわけね？」

嘲りを込めて顎を上げて見せると、ジェレミーの顔が怒りに染まった。

「先に俺たち家族を裏切ったおまえが言うな‼」

ジェレミーは空いているほうの手を振り上げる。

（今だ！）

ルイーザは腰に隠してあった紐の端を思い切り引っ張るのと同時に、もう一方の手に忍ばせておいた扇を振り上げた。

「痛っ！」

ジェレミーは閉じられた硬い扇を平手で叩いてしまい痛みに呻く。防いだ側のルイーザはその場にペチコートごとスカートを落としてズボン姿になる。

――不測の事態っていうのはいつ何時起こるかわからないじゃない？　考えてみれば、

拘束具としか思えないドレスを着て夜会に出るって危険だなって思って。

トレバーの許可を得て、フレッチャーや他の使用人たちと協力して出した答えがこれだった。

ボディスはともかく、スカートとペチコートがあってはろくに走れない。そこでスカートとペチコートに一本紐を引くだけで簡単に脱げ落ちる細工を施し、乗馬服のズボンを穿いておくことにした。靴は踵の低いブーツで、走りやすいように革は柔らかくしてある。もしものときのための準備だったけれど、まさかこれが必要になる日が来るとは。

ジェレミーが痛みに怯み、もう一方の手の力を緩める。その隙を逃さず、ルイーザは護身術を使って二の腕を摑んでいたジェレミーの手を引きはがした。そして夜会会場の音がするほうに向かって走り出す。

再びジェレミーが捕まえようとしてきたが、その手を扇で思い切り叩いた。扇も護身用に頑丈に作らせたものだ。手の甲をしたたかに打たれ、ジェレミーは痛みのあまりその場にうずくまる。農作業で少しは鍛えられたかと思ったが、昔と変わらずひ弱なようだ。ルイーザにとって好機だったが、これで終わりとはいかないことも感づいていた。

痛みをこらえながらも、ジェレミーは叫ぶ。

「そっちへ逃げたぞ！　捕まえろ！」

あちこちの入り口からジェレミーと同じような背格好の男たちが入ってきて、ルイーザに向かってくる。ありがたいことに運動能力もジェレミーとどっこいどっこいで、ルイーザは彼らの手を掻い潜って背の高い庭木で視界を遮られた庭へと逃げる。そこは迷路のように入り組んでいて、逃げるのも大変だが追手も道に迷い右往左往する。

「あっちに行ったぞ！　回り込め！」

「回り込める道がない！　そっちで捕まえられないのか⁉」

（あまり叫ぶと誰かに気付かれるんじゃやない？）

だがそのほうがルイーザには好都合だ。息にも少し余裕があったので、ルイーザも声を上げた。

「あなたたち！　わたしを誘拐しようっていうの⁉　何の目的で⁉」

ジェレミーはルイーザの意図に気付いたのだろう。息も絶え絶えに怒鳴ってきた。

「黙れ……！　このっ裏切者が……っ」

「裏切者の意味を辞書で調べたら⁉　父はあなたたちから仲間になれって言われたけど、最初から仲間になるつもりなんてなかったわ！」

「やっぱり密告したのはおまえたちだったんだな！」

「密告するまでもなかったわよ！　フレデリック殿下はとっくにご存じだったもの！　あなたたちが寸前まで計画を進められたのは、あえて罪を犯させて処罰するため、泳がせておくようフレデリック殿下が国王陛下に進言したからよ！」

するとと別の声がした。

「フレデリック殿下が!? 嘘だ！ 殿下は無能な王太子に代わって国王となり、我々の名誉を回復し――」

その声をジェレミーの声が遮る。

「黙っていろ！ 下手にしゃべれば何を密告されるかわかったものじゃないぞ！」

「どなたか知らないけど教えてくれてありがとう！ お礼に忠告するわ！ 命が惜しかったら今すぐ逃げなさい！ 誰があなたたちを唆《そそのか》したか知らないけど、そいつは用済みとなったらあなたたちを殺すつもりよ！」

「お前たち聞くな！ こいつは嘘を吐いて俺たちを攪乱するつもりだ！」

（いや、十中八九間違いないいんだけどな）

ルイーザは心の中で呟く。

誘拐の実行犯なんて大抵雇われ者か、簡単に切り捨てられる下っ端がするものだ。しかも彼らは、フレデリックを国王にできたら、貴族に戻してもらえると信じてるっぽい。

（国王にされたら、殿下めっちゃ怒るだろうな。それ以前に、国王にされるようなヘマもしないでしょうけど）

嘘吐きは彼らを唆した人物だ。ルイーザが言った通りの人物か、本気でフレデリックを国王にするつもりでいるか。後者なら誇大妄想もいいところ。どちらにしろ、ろくな人間じゃない。

そんなことを考えているうちに、夜会会場の光が見えてきた。まだ距離はあるけれど、もう少し行けば助けを呼べる。でも油断は禁物だ。ほっとしかけた気を引き締め直したそのときだった。

アントニアがこちらに歩いてくるのが見えた。

ぎょっとしたルイーザは、アントニアに向かって叫んだ。

「逃げて！」

「え？　え？」

アントニアはその場で立ち止まって戸惑いの声を上げるばかり。

(これが逃げる訓練を受けていない女性の反応なのね)

ルイーザは舌打ちしてアントニアのほうへ走り、すれ違いざま彼女の腕を摑んで一緒に走らせようとする。が、引っ張った途端、アントニアは転びかけた。

「きゃあ！」

ルイーザは一瞬足を止める。その隙に取り囲まれた。そのまま身構えながら考える。

(こいつらの囲いを抜けるのは難しくないわ。でもそれはわたし一人の場合だけ)

「いやあ！　離して！」

「静かにしろ！　殺るぞ！」

「ひ……っ！」

アントニアの悲鳴を聞いて我に返る。

悲鳴の上がったほうを見れば、アントニアが男の一人に二の腕を掴まれ、首にナイフを突きつけられていた。

「動くな。この女がどうなってもいいのか？」

「た、助けて……」

アントニアががたがた震え、怯えた目を向けてくる。

ルイーザは観念して両手を上げた。

＊　＊　＊

ルイーザが従兄に捕まる少し前のこと。

懐妊していると誤解されそれとなくお祝いムードな女性たちに囲まれているルイーザを、トレバーは脂下がって見つめていた。顔を真っ赤にしてわたわたしている彼女は、なんと愛らしいことか。今のこの光景をそっくり残しておける技術がこの世にあったら良かったのに。

そんな愛しのルイーザを眺める幸せなときを邪魔する声が聞こえてきた。

「ごきげんよう、ヴェレカー子爵」

　無視することもできず振り返ると、そこには十代半ばに見える美人がいた。

「……どうも。ブリッジ伯爵未亡人、先日はルイーザを酔い潰してくれてありがとう」

　美人は嫌味を物ともせずにっこり笑った。

「さすが敏腕外交官ね。わたしのことはもう調べがついているの？」

「どんな敵に攻撃されるかわからない立場なのでね。妻に近付く人物は一通り調査している。――何を企んでいる？」

「ヒドい言われようね」

「胸に手を当てて考えてみるといい。そう言われても仕方のない己の所業を思い出せるはずだ」

　アントニア・ボーナー。現在の肩書はブリッジ伯爵未亡人。十六歳のとき、実家の借金の肩代わりを申し出たある子爵と結婚。それから一年も経たず子爵は事故死。その後実家に戻ったが、すぐ実家への援助と引き換えに老伯爵に嫁いでいる。その老伯爵も数か月で病死した。その後、伯爵未亡人としての地位を利用して数々の男性貴族に近付き、儚げな容姿と己の不幸な生い立ちで同情を誘い、大量の金品を巻き上げている。

　そんな女が何の企みもなくトレバーに近付いてくるとは思えない。ルイーザに近付いたのだって、裕福な男性貴族と接点を持つために違いない。

「ヒドいわ。事実無根の噂を信じるなんて」

「言っていろ。私に嘘は通用しない」

アントニアは溜息をついて言った。

「じゃあこんなのはどう？　――わたし、あなたの秘密を知ってるの」

「――無意味なことを言って煙に巻こうとしたって無駄だ」

返答までに、ほんのわずかだが間を置いてしまった。それに気付いたらしいアントニアは、わざとらしく言う。

「ダンスに誘ってくれなければ、他の誰かに耳打ちしちゃおうかしら？」

大したことなど知らないと思うが、一つだけ今は知られてはならないことがある。――ある人物との接点――もし知られてしまっていたら大失態だ。フレデリックに申し訳が立たない。

わずかな逡巡《しゅんじゅん》の後、トレバーはアントニアに右手を差し出した。

「一曲お相手いただけますか？」

「ええ。喜んで」

アントニアは勝利に酔ったような笑みを浮かべて、トレバーの手に自らの手を重ねた。

ルイーザ以外の女性と踊ることに、後ろめたさを感じた。ルイーザに事情を説明しに行きたい衝動に駆られる。だが、新たな曲の前奏が始まってしまい、時間がない。アントニアのことは話してある。賢いルイーザのことだから、事情があると察してくれるだろう。

踊り出すと、トレバーは早速尋ねた。

「あなたは何を知っていると？」

「まあ。こんなところでお話ししてもよろしいの？　それとあまり怖い顔をなさっていると、他の方たちの注目を集めてしまいましてよ？」

わざとらしい話し方をするアントニアに、トレバーは一瞬顔をしかめた。

悪名高いアントニアと踊れば悪目立ちするに決まっている。更に、そんな彼女とトラブルを起こしているかのような怖い顔をしていれば、要らぬ詮索をされるだけだ。それより、

「彼女の悪名？　長年国外にいたから知りません」みたいに振る舞っていたほうが、他人の興味を引きにくい。誰かに何か言われたら、先日妻が世話になったからとでも話そう。

アントニアが初対面のルイーザに飲み物を勧めた経緯を尋ねていたと言えば、トレバーが暗にアントニアを非難していると察してくれるはずだ。

考えがまとまると、トレバーは胡散臭い見せかけの笑みを顔に張り付けた。相手はルイーザじゃないし、踊りたくない相手と踊っているのに本心から笑えるか。

それでもちゃんとした笑顔に見えるのか、トレバーの雑なリードについていきながらアントニアはうっとりした。

「目の保養になるわぁ……会う度陰気になっていくリチャードとは大違い」

問題の人物の名がアントニアの口から飛び出し、トレバーは内心ぎくっとする。

(単なる独り言なのか？　それともカマをかけているのか？)

トレバーとしたことが、アントニアの言動に振り回され、ろくな収穫を得られないままダンスを終了する。とどめに、こんなことを言われた。

「奥様の姿が見当たらないようですけど、よろしいんですの？」

焦って辺りを見回したトレバーは、その隙にアントニアも見失ってしまったのだった。

＊　＊　＊

誰もいない通用口から屋敷の外へ引っ張り出されたルイーザとアントニアは、質素な箱馬車に強引に乗せられた。そこに従兄のジェレミーをはじめとした四人の男たちが乗り込んできて、ルイーザとアントニアの両脇にそれぞれ座った。それ以外の男たちは、御者台や後部の台などに無理矢理乗ったらしい。馬車が軋む音を立てて揺れる。それから鞭の音がして、馬車が走り出した。

定員オーバーもいいところの二頭立ての馬車は、そのせいか進みが遅い感じがする。

アントニアは恐ろしくて声が出ないのか、一言も発さない。真っ暗な車内で、身じろぎせず座っている。こんな荒事とは無縁だったであろう彼女を巻き込んでしまったことを、ルイーザは申し訳なく思った。

(アントニアさんだけでも無事に帰さなくちゃ)

ルイーザは決意を固める。

そうと決めたら、いや、決めなくてもしなくてはならないことがある。

縛られていないのをいいことに、ルイーザはごそごそし始めた。座席はぎゅうぎゅうなので、隣に座るジェレミーにすぐ気付かれてしまう。

「動くな！　何をしている!?」

「着替えてるのよ」

手を止めずに答えれば、「はあ？」という胡散臭げな声が返ってくる。

「忘れちゃった？　わたしスカートを脱いじゃったのよ？　乗馬用のズボンを穿いてるから足をさらしてるわけじゃないけど、上が夜会用のドレスのボディスで、下が乗馬服だなんてみっともないじゃない？　乗馬服の上着を腰に提げているから、それを着ようとしていただけよ」

「駄目だ。そんなことを言って武器か何かを出そうとしてるんだろ？」

「……」

ルイーザが黙り、動く気配もなくなったので、これで話が終わったと思ったのだろう。ジェレミーも黙りこくる。実際は着替えが終わったので動く必要がなくなっただけだが。

それから四半刻もしないうちに馬車は停まった。

(王都からあんまり離れてないわね。どの辺りだろ。見覚えのある場所だといいんだけど……)

男たちが先に降り、車内に残されたルイーザたちに乱暴な声が掛けられる。

「おい降りろ!」

「アントニアさん。わたしが先に降りて安全を確認するわ」

小声をかけると、「ええ……」という、か細い返事がある。

ルイーザは警戒しながら馬車の外を覗いた。

そして、見覚えがあるのは景色のほうではなくこの場で待ち構えていた人物であったことにあっけに取られた。

その人物は、怪訝そうに眉をひそめてジェレミーたちに問いかけた。

「……夜会会場から攫《さら》ってきたんじゃなかったのか?」

今のルイーザは乗馬に行くと言っても違和感のない出で立ちだ。詰襟ノースリーブで膝の中程まである赤い上着、脚にピッタリ沿った白いズボン、ズボンの裾をたくし込んだ革のブーツ。宝石付きの髪飾りでまとめ上げられた髪と夜会用の白いロンググローブが今の装いから浮いているが、それはどうでもいいだろう。

振り返ったジェレミーが、ルイーザを見て目を剥いて叫ぶ。

「え？　──あー！　着替えるなと言ったじゃないか！」

本当に不用意だ。犯罪を行っている自覚がなさすぎる。いや、フレデリックを国王にするという大義名分を持っている彼らからすれば、これは犯罪という認識ではないのか。

といったことは今はどうでもよくて。

ルイーザは困惑しながら話しかけた。

「【気持ち悪】君、なんでここにいるの？」

「その名前を呼ぶのはやめろ!!」

【気持ち悪】君ことクインシー・エイモスは、地団駄を踏んで怒る。話しているのはティングハストの公用語だ。発音にも訛りがない。その才能を正しく生かしてくれなくて残念だ。

ルイーザはさっと目を動かして周囲を確認した。

二階に届きそうなほど高い塀のある、小庭のついたこぢんまりとした邸宅。玄関先に吊るされた明かりが届く範囲には、雑草がぼうぼうに生えた花壇がある。玄関も白かったであろう壁がかなり煤けていて、長いこと放置されていたことが窺える。

玄関扉前に立つエイモスの手前には、アプローチに沿って左右それぞれに五人、計十人の体格のいい男性が並んでいる。肩幅に合わせて足を広げ、両手を後ろで組んで整然と並ぶさまは軍人のようだ。エイモスの祖国ダウリング王国特有の顔立ちをしているから、父親が息子を案じて付けた私兵かもしれない。

この布陣は嫌な予感しかしないけど、行かなくても悪あがきになるだけだし、下手な抵抗をすれば怪我をするかもしれない。ルイーザは仕方なく馬車から降りる。

今のやり取りを聞いて緊張が解けたのか、アントニアも呆れた呟きを漏らしながらあとに続いた。

「何？　そのあだ名」

「〝【気持ち悪】君〟？　ふふふ、それはね」

「おまえ自分が置かれてる状況を分かってないのか!?　おまえたちよくやった！　そいつを連れてこっちに来い！」

エイモスの怒声が、ルイーザの言葉を遮る。

驚くルイーザを尻目に、ジェレミーたちは「はい！」と元気な返事をし、ルイーザの二の腕を摑んで歩き始めた。その顔は、「よくやった」の一言に気を良くしたのか得意げだ。

（いやいやいや。待って待って？）

「あなたたち、あいつが誰だかわかってるの？」

「わかってるさ」

慌てて尋ねると、嘲るような声が返ってくる。これは絶対わかってないと思っていると、予想通りの方向性の答えが返ってきた。

「モウブレー様の使いの方さ」

（首謀者にその名前が出てくるわけね）

「モウブレー様って、罷免された国務大臣のチャルマー・モウブレー様のことよね？」

呆れを押し隠して念のため聞けば、従兄の仲間の一人が悔しそうに言った。

「そうさ！　あのお方はフレデリック殿下を国王にすべく尽力なさっておいでだったのに、トレバー・カニングの卑劣な罠にかかって無実の罪を着せられてしまった」

とっさに本当のことを言いそうになって、慌てて口を噤んだ。事態はすでにややこしいことになっている。これ以上ややこしくする必要はない。

「おまえを人質にして、トレバー・カニングにモウブレー様の名誉を回復させ、フレデリック殿下を王位にお就けするようお命じになるんだそうだ」

あり得ない話をばんばん聞かされて、ルイーザは辟易《へきえき》してくる。少なくとも、エイモスが考えたことではないだろう。自国が外交において岐路に立たされているときに、その鍵を握る外交官の妻にちょっかいをかけるアホだ。他国の内情を知っているとは思えない。

そんなことを考えているうちに、エイモスの前まで辿り着いてしまった。

玄関前のポーチの上からルイーザたちを見下しながら、エイモスは片手を上げる。するとルイーザは左右に並んでいた男の内の一人に羽交い絞めにされ、首にナイフを突きつけられた。――ジェレミーたちも同様に。

「なんで俺たちまで!?」

慌てるジェレミーたちを一瞥して、エイモスは無情に告げた。

「『なんで』？　要らなくなったからに決まってるだろう」

(アントニアさんは!?)

ルイーザは目だけを動かし彼女の無事を確認しようとする。

アントニアは視界にすぐ入った。が、思わぬ様子にルイーザは目を瞠《みは》る。

優雅に微笑んで拘束を解かせたアントニアは、軽い足取りでエイモスの隣へ行き、肩にしなだれかかった。そしてルイーザに嫣然《えんぜん》とした笑みを向ける。

「あなたがお人好しで本当に良かったわ。首尾よくいってるかどうか覗きに行ったら、あなたが奇天烈な格好をしてこっちに向かって走ってきてるんだもの。そこの人たちったら、わたしが人質役を演じなかったら、まんまとこの人を取り逃がすところだったの」

「おまえ仲間だったのかっ！」

ジェレミーが取り押さえられているのも忘れて激昂し、地面に引き倒される。そんな彼を見下ろして、アントニアはくすくすと笑った。

「ええそうよ。あなたたちではなく、この人のね。あなたたちがあの屋敷に忍び込めるよう、警備の人間に持ち場を離れさせたのもわたしだし、小娘の誘拐にあなたたちを使ったらいいってアドバイスしたのもわ・た・——きゃあ！」

アントニアは話の途中でエイモスに突き飛ばされた。風化し始めているレンガのアプローチに、スカートとペチコートをクッションにして倒れ込む。意外と逞しいのか、すぐさま上半身を起こした。

「なんで!?」

「おまえは酒場で私に近付いてきて雑談しただけだろうが。おまえの話の裏を取って計画を立てたのは私の私兵だ。夜会会場への手引きを終えたからにはお前も用済みだ。――この女を含め全員始末しておけ」

ジェレミーたちの間から「ひっ」と悲鳴が上がるのと同時に、ルイーザは叫んだ。

「一人でも殺したら言いなりになってやらないわよ！　力の限り大暴れして近隣住民に通報してもらうんだから！」

「な!?　静かにしろ！」

ここにきてようやく騒がしくしていたのに気付いたのか、エイモスは慌てて声を落とさせようとする。が、すぐには殺されないと安心したらしいジェレミーの仲間はお構いなしに叫んだ。

「どうして……!?　モウブレー様の使いじゃなかったのか!?」

「静かにしろと言ったのがわからないのか!?」

ルイーザは溜息をついて、エイモスの代わりに答えた。

「そいつはクインシー・エイモス。ダウリング王国の貴族よ。フレデリック殿下を国王にするための大事な計画の使い走りに、他国の貴族を使うと思う？　それにこいつは自国の賓客だった外交官の妻を侮辱するっていう大問題を起こしたの。その責任を取らされても貴族じゃないかもしれないし、貴族だったとしても祖国の社交界では鼻つまみ者になってるはずよ」

静かにしろと騒いでいたはずのエイモスは、ルイーザの話を聞いてがなり立てた。

「おまえのせいだっ！　トレバー・カニングと一緒になって私のことを馬鹿にして！　おかげで変なあだ名が広まってどこに行っても嘲笑を受けるし、父上は国王陛下から私の勘当を迫られて、仕方なく国外に出したんだ！　陛下の怒りが解けるまで国に帰れやしない！」

「それで仕返しにわたしを誘拐したの？」

エイモスは勝利を確信した笑みを浮かべて、ルイーザに近付いてきた。

「ああそうさ！　おまえの周りの厳戒な警備のせいでなかなか難しかったが、だからこそ誘拐されたと気付いたときには、トレバー・カニングも大きな屈辱を味わったことだろう！　あとはおまえを人質にして、トレバー・カニングに私の名誉回復をさせるだけだ。

――いや」

真正面から来て、ルイーザの顎をくいと持ち上げる。

「その前に味見をしなくてはな。十一歳でトレバー・カニングほどの男を篭絡《ろうらく》した、その手管《てくだ》をな」

あるじを傷つけてはいけないと思ったのだろう。エイモスの私兵は、ルイーザの首に突きつけていたナイフを遠ざける。

「子供に手管手管って、おまえも変態か！」

(チャンス到来！)

ルイーザは膝を振り上げる。

チーン。

ルイーザの膝蹴りはクインシー・エイモスの股間に見事ヒットした。

「かっは……っ」

「ふにってした！　ふにってした！　なんか気持ち悪ーい！」

驚いた私兵がうっかり緩めた拘束から逃れ、ルイーザはぴょんぴょん飛び跳ねる。その隣に倒れて丸くなって股間を押さえるエイモスから苦悶の声が漏れ出た。

「おまえ……何を……」

ルイーザは気を取り直し、エイモスを見下ろし悪びれなく答えた。

「ウチの有能な家令が教えてくれたの。貞操の危機を感じたら、相手の股間を蹴るといいって。そうすれば少なくとも貞操の危機は去るって教えてもらったんだけど……大丈夫？」

　自分を誘拐した相手だけど、脂汗までかいているのを見て、なんだか可哀想になって声をかける。

　そうしたらキレられた。

「大丈夫なもんか!!　こんな狂暴な女、殺せ殺せ殺してしまえ!!」

　そこまで叫ぶので限界だったのか、エイモスは悶絶に戻る。

　ルイーザはあっけに取られたままのエイモスの配下に、彼らの母国語で話しかけた。

「わたしを殺すとあなた方の極刑だけでは済まなくなるわよ。わたしはダウリング王国の国王陛下の覚えもめでたいから、祖国に残してきた家族や恋人にもきっと累が及ぶわ。それより、わたしを盾にしてトレバーに罪を見逃してもらったほうが得策じゃない？」

　ティングハストの言葉も理解できるけれど、やはり母国語のほうが使い勝手がいいらしい。配下の一人が疑わしげに睨みながら母国語で話しかけてくる。

「何を企んでいる？」

「企む以前に、今わたしが言ったことはれっきとした事実じゃない。逃げ切れると思わないでね。わたしの夫は天才なの。我が国の王太子殿下を暗殺しようとした組織も一網打尽にした凄腕だから」

　エイモスの配下たちの顔に動揺が走る。あるじの命令に従ったがために犯罪者になってしまったのだと気付いたのだろう。しかもあるじは今、地面に転がって悶絶していて頼りになりそうもないから、不安に思うのも当然だ。動揺のあまり両腕を下ろしかけている者もいる。その隙にそろりと逃げ出そうとしたジェレミーの仲間に気付いて、ルイーザはティングハストの言葉で声を飛ばした。

「そこ！　下手に動かない！　うっかり殺されちゃうわよ」

その声に反応して、エイモスの配下たちはそれぞれ拘束の手を引き締める。

「助けてくれるんじゃなかったのかよ!?」

「だから助けたんじゃない。あなたたちを逃がして通報でもされたらこの人たちもタダじゃ済まないから、逃しちゃうくらいならあるじの命令がなくったって口封じするわよ。ね？」

やはりティングハストの言葉を理解できないわけではないらしく、彼らの表情は真剣味を帯びる。ルイーザは彼らの母国語で話した。

「あなたがたのあるじはこんなだし、そいつらはひとまず地下室にでも閉じ込めて、あとでまた指示を仰いだら？　死体処理に困りそうだから、命令にすぐ従わなかったんでしょ？　ティングハストの王都は治安がいいの。こんなにたくさんの他殺体が見つかったら、王宮から下町まで大騒ぎよ。警備隊を総動員して必ず犯人を捕まえるわ」

話を一旦切ったところで、ジェレミーが尋ねてきた。

「おい、何を話してるんだ？」

「交渉していたのよ。あなたたちが大人しく地下室に閉じ込められたら、命を助けてくれるようにって」

「嘘だろ！　そいつらの顔が〝違う〟って言ってるぞ!?」

エイモスの配下たちの微妙な表情を見れば、そうとしか思えないのだろう。けれど、言葉を理解していないのをいいことに、ルイーザは嘘を押し通す。

「命を助けてあげようとしてるんだから、感謝しなさいよね。この人たちも命懸けだから、あなたたちを殺してでも逃がさないわ。さあどうする？　ここで逃げ出そうとして殺される？　地下室に閉じ込められてひとまず安全を確保する？」

ジェレミーたちは大人しく地下室に連れていかれた。エイモスの配下たちに片言でもティングハストの言葉で地下室に行くよう言われたことで、ルイーザの言葉もあながち嘘ではないと思ったようだ。

その様子を見ながら、ルイーザは心の中でガッツポーズをした。

（よし！　あいつらの助命と一緒に、監禁にも成功したわ！）

見殺しにしないけど、罪を見逃すつもりもない。行方をくらませられると厄介だったから、彼らが話に乗ってくれてラッキーだった。

従兄たちが片付いたあと、残った男たちが構える武器は、ルイーザとアントニアに向けられていた。

「わかってるわよ。わたしたちも見逃してもらえないわよね。大人しく監禁されてあげるから、部屋に案内して。ただし、彼女と同じ部屋よ。彼女に手を出そうとしたら許さない。手を出したらこの人と同じ目に遭わせるからね？」

ルイーザは両手を上げて彼らの母国語で言った。

正直ガタイのいい男たちに同じ手が通用するとは思えない。エイモスに通用したのは、奴が鈍臭くて油断しまくりだったおかげだ。なのに男たちは青ざめた顔をしてやや前屈みになりつつルイーザとアントニアを二階の一室に連れていった。

男たちはルイーザとアントニアを部屋の中へ押し込むと、扉を閉めて鍵を掛けた。

「見張りはどうする？」

「要らないんじゃないか？　ここは二階だし鍵はしっかり掛けたし。それより、不審者が近辺にいないか外の見張りを強化したほうがいい」

「そうだよな」

そんな会話が聞こえたかと思うと、三人分の足音が遠ざかっていく。ルイーザたちをこの部屋まで連れてきたのも三人。つまり全員この場から離れていく。

（これで一山越えたわ）

ルイーザは息をつく暇もなく、カーテンの隙間から差し込むわずかな月の光を頼りに窓辺へ近付いた。アントニアがついてきて文句を言った。

「あなた馬鹿じゃないの？　あの男はダウンしてたんだし、あれだけ口が回るなら、私兵どももをなんとか言いくるめて逃げれば良かったのに」

古びたカーテンをそっと開けると、月明かりが入ってきて室内の様子がさっきより見える。ここはリビングのようで、テーブルやソファ、飾り棚などが一通り揃っている。カーテンはボロボロでロープになりそうになかったが、手入れされていない巨木の枝が、都合良く窓の近くにまで伸びていた。

ざっとそれらを確認すると、ルイーザはカーテンのほうに視線を戻して答える。

「無理よ。彼らだって危ない橋を渡ってるのよ？　交渉したところで、無事逃げ切るための人質にされるだけだわ。そうなったとき、余分な人質は足手まといになるから。――あとは言わなくてもわかるわよね？」

アントニアが身震いするのが、見てなくても気配でわかった。

「そ……そこまで考えてくれていたのね。ありがとう。さっきは馬鹿なんて言ってごめんなさい。その、気が動転してしまって」

ルイーザは、カーテンを括《くく》る編み紐を手にしてさらっと言った。

「猫被る必要はないわよ。さっきのことであなたの本性はもうわかったから」

カーテンはボロボロだが、見付けた編み紐は両手で引っ張ってみたところそこそこ強度を保っていた。移動してもう一本手に入れる。

アントニアからは猫なで声で返事があった。

「本性って何のこと？　助けてもらえて本当に感謝してるわ」

二本目の編み紐の強度を確かめながら、ルイーザは苦笑した。

（この変わり身の早さには脱帽だわ。トレバーはアントニアさんのこういう信用できない性格を見抜いてたのかしら？）

見抜いていたに違いない。そもそもアントニアのことを教えてくれたのはトレバーだ。彼は、アントニアが男性貴族から大量の金品を巻き上げていると知っていながら騙されるような人じゃない。

冷静になって考えてみれば、アントニアと踊っていたからといって、ルイーザが逃げ出す必要なんてなかった。なのに動揺して、一人にならないようにというトレバーの言いつけを破って、あんなくだらない男に捕まってしまった。

（いや、今は反省してる場合じゃないでしょ）

ルイーザは気を引き締め直し、手に入れた二本の編み紐をアントニアに渡した。

「え？　何これ」

「話はあとにして。入り口を封鎖するわよ」

ルイーザはテーブルのところにあった背もたれのある椅子を引きずって、この部屋唯一の扉のところまで戻る。扉と壁の両方に半々かかるように椅子を置くと、アントニアに返してもらった紐でドアノブと柵状になった椅子の背もたれとを括った。

その作業を横から観察しながら、アントニアは心細そうに尋ねてくる。

「これ本当に封鎖になるの？」

「この扉、外開きだったから、こうしてノブと椅子を縛っておけば、椅子が引っかかって開けられなくなるわ。扉を壊されちゃったら意味ないけど、助けが来るまでの時間稼ぎはできるはずよ」

「助けが来るまでのって、わたしたちが誘拐されたことにまだ誰も気付いてないかもしれないじゃない。そんな悠長なこと言っていられるの？」

一本目の紐の上を、二本目の紐で念のため硬く縛ったあと、ルイーザはすたすたと窓に向かう。

「もちろん、ただ待ってるつもりはないわ」

ルイーザは錆び付いた留め金を外し、小さく窓を開けて外の様子を窺う。

「……何してるの？」

「こっそり抜け出せないか、様子を探ってるの」

「抜け出す気なの？　じゃああの封鎖は？」

「あれはアントニアさんのためよ。わたしが脱走したと気付いたら、多分この部屋も確認に来るから」

「わたしを置いてく気!?」

声を上げたアントニアの口を、ルイーザは手のひらで塞ぐ。

「しーっ！　助けを呼びに行くだけだから、それまで持ちこたえてって言ってるの」

ルイーザの手のひらをもぎ離し、アントニアは小声で訴えた。

「嫌よ。一人になるなんて」

「アントニアさん、あそこの木に飛び移れる？」

窓の外にある葉の枯れた大木の枝を指さす。アントニアは勢いよく首を振った。

（やっぱりね）

「飛び移れたとしても、その格好じゃあ下りられないわよね。それに一人で動いたほうが見つかりにくいの。アントニアさんはこの部屋でじっとしてるほうが安全よ」

「そんなこと言って、自分一人逃げるつもりじゃないでしょうね？」

アントニアの疑ぐり深さに、ルイーザは呆れて肩をすくめた。

「そうするつもりなら、わざわざ封鎖なんてしないわよ。従兄たちも助けて、今回の罪を償わせたいから、死に物狂いで助けを呼んでくる。【気持ち悪】君が回復したら、怒り狂ってこの部屋に来るはず。正直、交渉できるとは思えない」

「でも、助けを呼ぶっていっても、ここがどこかわからないでしょう？　助けてくれる人がすぐ近くにいるとは限らないじゃない」

「ううん。きっと近くまで来てる」

「え？」

「トレバーは優秀を通り越して天才なの。今頃とっくに救出のための人を招集して、わたしの足取りを辿ってる。――念のため、わたしが外に出たら窓を閉めて鍵もかけてね」

「――え？　ちょっと待っ」

アントニアが止める間もなく、ルイーザは窓から飛び出した。


無事枝に飛び移ることができたが、その際に音を立ててしまった。

「向こうで何か音がしなかったか？」

「行ってみよう」

（まずい……！）

ルイーザは慌てて枝を伝い、敷地を囲う塀のほうへ移動した。木登りは得意でも、暗い中でというのは初めてだ。

怖い。でもそんなこと言ってられない。できるだけ塀に近付ける大枝を選んで進む。

枝がルイーザの重みでしなり始めたとき、下から男たちの叫び声が聞こえてきた。

「あそこだ！　逃げ出してるぞ！」

「木登りできる奴！　登って捕まえろ！」

「俺が行く！」

（ヤバいわ。早く行かないと捕まってしまう）

心の準備も何もなく、ルイーザは塀に向かって飛んだ。上手く乗ることはできなかったけれど、塀の上に全身でしがみついて落下を免れた。

しかし。

塀の外側を見てぞっとした。塀の下が急な坂になっていて、屋敷の敷地より地面が遠い。暗がりなので上手く目測できないが、三階分の高さとまではいかないようだ。だが、二階から一階に飛び下りるのだって危険なのに、この高さでは間違いなく怪我をする。

「外にも回れ！」

躊躇っている場合じゃないのに動けない。足や腕の骨を折ったら助けを呼びに行くのは不可能だ。下手をすれば命だってない。身震いをしたとき、下から声がした。

「あともうちょっとだ！」

見れば、木を登っていた男が、ルイーザがさっきまでいた枝に移ろうとしている。体重のせいで枝が揺れてバランスが取りづらそうだが、塀まで移ってくるのは時間の問題だ。

飛び下りて運良く走れる程度の怪我で済むことに期待を懸けるか。それともここで諦めるか。

(諦めるわけにはいかないよね)

覚悟を決めようとしたとき、今度は塀の外から声が飛んできた。

「受け止めるから跳べ!!」

その瞬間、ルイーザは塀を蹴って宙に飛び出していた。木を登ってきた追手から辛くも逃れる。

一瞬で行動に移れたのは、聞こえてきた低い声が誰のものか、瞬時にわかったから。

重力に引っ張られ、勢い良く落ちていった身体が、力強い腕の中に吸い込まれる。身体に急ブレーキがかかり、がくんと衝撃が走った。でも思ったほどの痛みはない。「はー」という溜息とともに、ルイーザはその場にそっと立たされた。

「怪我はない?」

高いところからの落下と、腕の主——トレバーの安堵の溜息に妙な色気を感じてしまって、ルイーザの頭はくらくらする。

「う、うん……」

(こんなときに、どうしてわたしときめいてるの)

自分に呆れながら、なんとか返事をする。

すると、トレバーにきつく抱きしめられた。

「無事で良かった……塀の上に姿を見たとき、心臓が止まるかと思ったよ……」

トレバーの身体が微かに震えている。それに気付いたルイーザの胸に、彼への愛しさが込み上げてくる。

再び横道に逸れた自分を、ルイーザは心の中で叱咤した。

(だから、今は心の底から反省すべきところでしょ?)

「ご——」

謝ろうとしたけれど、その前に身体を解放されたかと思うと、大きな手のひらで頬を包まれ顔を近付けられる。暗がりの中、かろうじて気の抜けたトレバーの笑みが見て取れた。

「私の見せ場を残しておいてくれなかったんだね。でも、それでこそ僕が愛したルイーザだ。その勇敢さを昔から愛してるよ」

そう言って、ルイーザの手の甲に口付ける。ルイーザはぽっと頬を染めた。

(トレバーの愛を一瞬でも疑ったわたしが馬鹿だったわ)

またもや今がどういう状況か忘れて幸せ気分に浸りかけたそのとき、離れたところから聞こえてきた怒声がそれを打ち破った。

「いたぞ! 捕まえろ!」

トレバーはとっさにルイーザを背後に隠す。その寸前に見えた。エイモスの配下の男たちが少なくとも五人、こちらに向かってくるのが。

「一人じゃ無理よ!」

「大丈夫。警備隊ももうすぐ到着するし」

言い終えるが早いか、トレバーは男たちに向かって走り出す。

「トレバー！」

ルイーザは制止の叫び声を上げる。けれどトレバーは勢いを増して男たちに突っ込んでいった。

先頭の二人は仲間に剣が当たるのを恐れて、二人の間をくぐり抜けたトレバーに攻撃できず。続く三人の攻撃を、トレバーは紙一重でかわしながら、みぞおちや顎に拳を叩きこんで昏倒させていく。先頭だった二人が方向転換して向かっていくと、トレバーが振り向きざまに一人を回し蹴りし、もう一人に肘鉄を食らわせる。

（かぁっこいいー♡）

ルイーザは状況を完全に忘れ、頬に両手を当てて夫の活躍に見惚れた。

更に二人現れてトレバーに襲い掛かったが、彼は敵から奪い取った剣で振り下ろされる剣を防ぎながら、相手の懐に入って拳を入れる。

警備隊員たちが駆け付けたときには、全員が地に伏していた。

＊　＊　＊

ルイーザが警備隊員たちに指示を出すのを、トレバーは離れたところから眺めていた。

「主犯の私兵はこれで全員です。地下への扉は開きましたか？　そこに復爵を餌に唆された愚か者たちが閉じ込められています。逮捕されると知ったら暴れる者もいるかもしれませんので、気を付けてください。二階に閉じ込められている女性の救出はまだですか？」

警備隊員たちは困惑していた。かの有名なトレバー・カニングの妻が誘拐されたとの報を受けて駆け付けたところ、敵の半数は昏倒し、その側に立っていた乗馬服姿の若い女性が誘拐被害者だと言われたのだから。

――犯人はそこの屋敷の敷地内にいるわ！　出入り口を塞いで逃がさないで！

乗馬服姿のルイーザがそう叫んだ途端、現場の指揮権がルイーザに移ってしまった。身分を慮《おもんぱか》ったせいもあろうが、現場の状況を一番知っていることもさることながら、ルイーザの指示が的確すぎて、反論の余地なく頼もしかったせいもある。

トレバーは誇らしく思ったが、指示を仰ぐためルイーザのもとへ行く警備隊員たちに嫉妬の目を向けずにいられない。すぐに妻を連れ帰りたい衝動と、先程から戦っている。ルイーザが生き生きと指示しているので止めるに忍びなかったからだ。

屋敷の中から、ひょろひょろの若い男たちが後ろ手に縛られて出てきた。彼らはルイーザに罵声を浴びせる。でもルイーザがにんまりしているので心配する必要はなさそうだ。

そんなことを考えていたとき、斜め後ろから人の気配が近付いてきた。もう一歩でも近づいたら振り向きざま拳をお見舞いするところだったが、そのぎりぎりのところで相手は話しかけてくる。

「リチャードです。アントニア様を迎えに来ました」

「ルイーザの行方を突き止めてくれてありがとう。情報が早くて助かった」

「それが私の売りですから」

「そういえばあの女、私の秘密を知っているとぬかしたぞ」

「念のため探っておきましょう。大方、『子爵はロリコン』というのを秘密と言っているだけでしょうが」

「……まあ、そうだろうな。不本意だが隠れ蓑になりそうだから、誤解はそのままにしておいてくれ」

「ええ。そうします」

手短な会話で話が通じるのは、長年の付き合いのおかげだ。

トレバーが「ぼんくら」時代に知己となった商人――リチャードはフレデリックとトレバーの望みを叶えるために仲間に引き入れた男だ。それ以前から良い投資先だったが、商会立ち上げを勧めてくれたり、情報収集に裏工作にと役に立ってくれている。

実のところアントニアはフレデリックの計画における重要な駒で、直接操っているのはリチャードだ。計画になかった今回のアントニアの行動は、リチャードにとっても予想外であり、思い通りに彼女を動かせなかったことが非常に不本意だったに違いない。昏《くら》い笑みを浮かべて話を結ぶ。

「そろそろ迎えに行ってまいります。被害者面をしておくのが身のためだとお教えしなくては。私にそのようなアドバイスをされて屈辱に歪む彼女の顔が楽しみです。ふふ。ふふふふふ」

リチャードは不気味な笑い声を立て、それを最後に他人のような素振りで離れていく。これで案外秘密の繋がりは他人にバレないものだ。リチャードは商人だ。問われるようなことがあっても、「顧客の一人」と言えば相手はすんなり納得する。

万が一バレたとしてもさほど問題ではない。要はアントニアがトレバーとリチャードのつながりを信じなければいいのだ。トレバーとのつながりからフレデリックとのつながりまで推測され、アントニアが自分が都合良く使われていることに気付く、ということがなければそれでいい。

「お得意様が中に」と言いながら廃屋に入っていったリチャードは、アントニアを連れてすぐに出てきた。女はめそめそ泣いて、まさに被害者面だ。

ルイーザが微妙な顔をしながらその姿を見送っていた。それを見て、トレバーはゆったりした足取りでルイーザに近付く。

近くにいた責任者らしい警備隊員に話しかけた。

「聴取などがあるだろうが、今日はこれで帰らせてもらえないだろうか？　妻は誘拐監禁され、その上助けを呼ぶため決死の脱出を図ったのだ。気力体力ともにそろそろ限界のはずだ」

残念ながら、トレバーの言葉を真に受けてくれる者はいなかった。たった今まで元気よく指示を飛ばしていたのだから当然か。なんとも言えない視線がトレバーに集まる。当のルイーザも、首を傾げ困惑して言う。

「え？　疲れてるけど限界ってほどじゃ……」

だがトレバーが限界なのだ、忍耐の。

ルイーザが攫われてから、彼女が自らの腕に収まるまで、生きた心地がしなかった。

トレバーのただならぬ気配を感じ取ったのか、この場の警備隊員を率いる立場にあるらしいトレバーと同世代の男が背筋を伸ばして言った。

「お帰りいただいて大丈夫です！　先程夫人から一通りのお話を伺ったので、お話を元に被害者側の調書を作成し、後日間違いないかの確認のためお持ちいたします」

「そうしてもらえると助かる」

「え？　ホントにいいの？」

戸惑って警備隊員たちを見回すルイーザに、彼らは「敬礼！」の号令の下、一斉に自身の胸に拳を当てる。

「おかげさまで、我々もこれにて撤収できそうです。調査にご協力ありがとうございました！」

そのあと続けて、他の警備隊員たちから「ありがとうございます！」と声が上がる。よく揃っている。ルイーザに向けるきらきらした目までも。

そういう目で見るのは構わないが、ルイーザがそうした目に応えるのは容認できない。トレバーはルイーザの肩を抱き、彼らに背を向けるよう誘導する。

「ちょっとトレバー、皆さんにご挨拶を」

「疲れてるだろう？　そうだろう？　皆さんもわかってくれるさ」

振り返ろうとするルイーザを、トレバーはやや強引に迎えの馬車までエスコートした。

＊　＊　＊

馬車が走り出してから少しして、トレバーのただならぬ気配にルイーザも遅ればせながら気付いた。

いつもは陽気にしゃべり倒すかルイーザを甘ったるい視線で見つめるかするトレバーが、今は顔を横に向け、むっつりと黙り込んで怒りを押し殺していると推測できる。

「ねえ、あの」

「すまないが、屋敷に着くまで黙っていていいだろうか」

「う、うん……」

黙っていていいか、なんて珍しい台詞だ。普通、相手に対して黙っていてくれないかと言うところだろうに。ただ、そんなことを言われたら話しかけづらいので、ルイーザも黙ることになる。

そうすると怒っている（推測が最早確信になっている）理由を知ることができず、ルイーザは悶々とする羽目になった。

（誘拐されるような迂闊な真似しちゃったことを怒ってる？　でもそんなことで怒るような人じゃないし。助けを待たずに助けを呼びに行こうとしたから？　でも褒めてたよね？　警備隊の人たちとおしゃべりしてたからかもしれない。それが一番ありそう。ともかく謝りたいわ。謝って怒りを鎮めたい）

そうこう考えているうちに、馬車はガスコイン侯爵家別邸前に到着した。トレバーは黙々とエスコートしてくれる。

「そろそろ話をしてくれる？」

「……もう少し待ってもらっていいだろうか？」

「……はい」

目を合わせず、階段を上がるルイーザの足元ばかり見ているトレバーに、それ以外の返事はできなかった。

三階まで上がると、ルイーザは手を引かれ、リビングに連れていかれる。たくさんのランプに照らされた内装の美しい部屋であるが、この部屋を説教部屋のように思ってしまうのは何故だろう。……普段あまり使わず、来るときはいつも説教のようなことをされていたからか。

「あの……話は着替えてからでもいい？　ほら、この格好だとソファを汚しちゃいそうだから」

「後ろは大して汚れてないし、もしソファが汚れても、有能な使用人たちがきれいにしてくれるさ。それより、今君を行かせたら、明日まで会えなくなるような気がするのは何故だろう？」

自室に足を向けようとしていたルイーザは、ぎくりと立ち止まる。

「どうしても着替えたいのなら、私もついていくからね？」

「……着替えはあとでいいわ」

ルイーザは観念して、トレバーが開けてくれた扉からリビングに入る。

何を言われるだろうとどきどきしながら、いつものソファに座る。トレバーもいつものソファに座ると、膝に肘をついて手を組み、その上に顔を伏せた。

「はぁ――――」

（疲れてるの？　そんな溜息をつきたくなるほど怒ってるの？）

とりあえずルイーザは前者であることに望みをかける。

「あの……疲れてるなら話は明日でもいいけど……」

「……疲れてるわけじゃないんだ」

（ということは後者か！）

ルイーザは負けるが勝ちとばかりに頭を下げた。

「ごめんなさい！　わたしが悪かったです！」

ルイーザの謝罪の声がこだまする。それだけ室内が静まり返っていたということなのだが、トレバーの反応がないのが怖い。耐えられなくなってそろりと顔を上げると、トレバーは驚いた顔をしてルイーザを見ていた。

（つまり怒ってたわけでもなかったってこと？）

ルイーザは自分の推察力のなさに恥ずかしい思いをしながら、姿勢を正す。が、遅きに失した。

「ルイーザ。君は私に何か謝らなければならないことでも？」

問い詰めるようなトレバーの口調に、ルイーザはぎくっとする。

「いえ、あの……怒ってるみたいだから、先に謝っておこうかなーなんて……」

「君は自分が悪くないのに謝罪するような人だったかな？　心当たりがあるから謝ったん

じゃないのかい？　私の話の前に聞かせてくれないか？」

有耶無耶《うやむや》にできないと悟ったルイーザは、馬車の中で考えていたことを洗いざらい話す。

全部を聞き終えたトレバーは、眉間に寄せた皺を揉みながらルイーザの話に対する返答を口にした。

「君が迂闊だったことは注意したいし、君の勇敢さは私の誇りでもあるけど無茶はしてほしくないいし、私がやきもちを焼くとわかっているのなら、警備隊員たちと仲良くおしゃべりしてほしくなかった」

「あの、警備隊の人たちとは必要最低限のことしか話してないけど」

「それにしては随分長い会話だったね？」

「事情を説明してたから、それで長くなったの！　こんなことでやきもち焼かれたんじゃたまったもんじゃないわ！」

逆ギレすると、トレバーは何故か傷付いたような顔をして目を逸らした。

「そうだね。私に嫉妬する資格はないのかもしれない」

「……どうしたの？」

「君の周りからできるだけ危険を排除したくて、ブリッジ伯爵未亡人に君に近付いた意図を聞き出して、二度と近付かないよう忠告するつもりだった。成り行きで踊ることになったけど、君を傷付けることになるなんて微塵《みじん》も考えなかったんだ。君の動きはずっと目の端で追っていたはずだったのにダンスの途中で見失って。君が庭園に走っていったという目撃証言を聞いて探しに行って、君が残したスカートを見付けたときは心臓が止まるかと思ったよ。君を守るために私が取った行動が、逆に君を危険にさらしてしまった。申し訳ない。謝っても謝り切れない」

ルイーザはソファから腰を浮かせ、二人の間にあるテーブルに両手をついて否定した。

「ちょっと待って！　わたしが庭園に行ったのはトレバーが悪いんじゃないわ！　あれは」

わたしの迂闊さがいけなかったのよ――と続けるつもりが、できなかった。

テーブルについた手に、大きな手が縋り付いてきたから。

「君がまだどこか私の愛を疑っていることには気付いてた。でも時間をかけてわかってもらえばそれでいいと見過ごしてきた。それがこの結果だ。君をこの腕に抱き止めるまで、生きた心地がしなかったよ。状況から君の気持ちを察して、胸が張り裂けそうだった。君は私に裏切られたと感じた、そうだろう？」

ルイーザは意表を突かれ、一瞬呼吸を止めた。

浮気されたと思ったはずなのに、不思議と裏切られたという気持ちにはならなかった。ロリコンなら仕方がないという気持ちが、心の片隅にあったからだろうか。

でも、そのことは内緒にしておこうと思った。トレバーは浮気をしていなかったばかりか、ルイーザのためにアントニアに接触したようだし、そのことを酷く後悔しているみたいだからだ。追い打ちをかけるつもりはない。

ルイーザは小さく微笑んで答えた。

「裏切られたなんて思ってないわ。ただ、わたしよりアントニアさんのほうがお似合いだって、そう思っただけ」

この言葉に、ルイーザではなくトレバーのほうが傷付いた顔をした。

「……何故、そんなことを思ったの？」

悲しげに微笑まれ、ルイーザの胸はぎゅっと痛くなる。

でもルイーザにも言い分がある。トレバーの手の下から自分の手を引き抜いて、身体を起こした。守るように胸の前で両手を握り合わせると、胸の内を打ち明けた。

「六歳のわたしを好きになって今も好きだなんて信じられなくて……。だって、子供の頃のわたしと今のわたしじゃ、全然違うじゃない。別人かってくらい違うのに、どちらも同じように好きだなんて信じられなかったの」

話しているうちに辛くなって、ルイーザは下を向いた。唇が戦慄き、目頭が熱い。そんなルイーザの顔を覗き込むようにして、トレバーは申し訳なさそうに微笑んだ。

「ごめんね。そんなに不安にさせてしまっていたんだね。――――おいで」

ソファに座ったまま、トレバーは両腕を大きく広げる。

「そういうことされると、なんか恥ずかしいんだけど」

「いいからおいで」

　不貞腐れた態度でテーブルを避けてトレバーの傍らまで行くと、トレバーはちょっと強引にルイーザの腕を引いて膝の上で横抱きにした。ルイーザの目元にいつの間にか滲んでいた涙を唇で拭うと、優しく抱きしめてぽんぽんと背中を叩く。

「君を好きになった一番の理由は幼い外見じゃない。内面だよ。私の父にも臆さず食ってかかったその勇敢さに惹かれた。結婚を承諾してくれたとき、私を夫として受け入れてくれたとき、そして今日だって。君は私を魅了し続ける。同じように好きかって？　違うよ。昔より今のほうがずっとずっと好きだ。前にも言っただろう？　私はロリコンじゃない。ルイーザコンプレックスなんだって。そのことをどうすれば君にわかってもらえるだろうか？」

　ルイーザは恥ずかしさに目を回しながら答える。

「も、十分。わかったから……」

「本当に？」

「う、うん」

「まだまだ心配だな。もっともっと君を愛して、わかってもらわなくては」

　悪戯っぽく言うトレバーに、彼の気鬱《きうつ》が晴れたのがわかる。いつもなら怒ってやるところだが、今日は甘ったるい雰囲気に中《あ》てられて怒る気力が湧かない。それでもわずかばかりは抵抗する。

「まっ、待って……！　汚れてるからお風呂に入りたいの！」

「じゃあ一緒に入ろう。嫌とは言わないよね？」

トレバーの笑顔に有無を言わせない圧を感じ、ルイーザは笑みを引きつらせた。

美しい模様の描かれたタイルが壁にも床にも張られた広い浴室中に、じゅぼじゅぼと淫靡な音が響く。

「んっ、くっ」

ルイーザはトレバーの肩に唇を押し付け、懸命に声をこらえる。

浴室に連れていかれたルイーザは、脱衣所でトレバーに服を脱がされ全裸になり、先に浴場へ向かわされた。

トレバーが来る前に湯船に入ってしまおうと思い身体に湯をかけていたら思いの外早く追いついてきて、「洗ってあげる」とこれまた有無を言わせず湯船に追い立てられてまず髪を。洗い上がった髪を布で上手にまとめ上げると、トレバーはルイーザを湯船から上げ、身体を洗い始めた。

泡立てた布で身体を擦る動作は愛撫そのもので、ルイーザはすっかり昂ってしまった。

そんな姿を見て同じく昂ったトレバーがルイーザに乞い、致し始めてしまったというわけだ。

とはいえ場所は床も壁も硬い浴場。向かい合って座りながらするのも動きづらく、トレバーは自身をルイーザの中に入れたまま両膝をそれぞれの腕に掛けながら背中を支えて立ち上がり、下から突き上げてくる。

背中と膝、そして二人が繋がっている部分だけで支えられているという不安定な状態が怖くて、ルイーザはトレバーの首に必死に縋り付く。浴場は音がよく響くから淫靡な水音がやけに響いて恥ずかしい。せめて声は極力抑えているのだけれど、そのせいで余計耳に響く水音に官能をかき立てられる。誰かに聞かれてやしないかという怖さもスパイスになっているのか、いつもより敏感になっている気がする。

何より、落下の力も使って最奥を突かれ、ベッドでトレバーの膝に座ってするときより深く入ってくるそれに、目がちかちかするほどの強烈な快感を覚える。

いつもは労わってくれるトレバーだけれど、今日は余程余裕がないのか、自身へとルイーザをがんがん落としてくる。おかげでルイーザは持ち上げられては落とされるという激しい揺さぶりと、容赦ない突き上げを食らうこととなった。

だというのにそれが気持ちいい。急速に快楽が高まっていく。

「ああっ、なんてイイんだ！　ルイーザッ、君はどう……っ？」

「あっ、わたしもうイ……っ」

「一緒にイこうっ、ついてきて……!」

トレバーは少し仰け反ってルイーザの身体を自身の厚い胸板の上に乗せると、ルイーザの尻を強く摑んで勢い良く腰を振り始めた。体格差も体力差もあるとはいえ、よくこんな芸当ができるものだ。その驚きも、先程ほどではないものの素早い動きで中を擦り立てられ、与えられる快楽を受け止めるのに精一杯になり消えていく。

「そろそろイくよッ!」

ルイーザは声の代わりに何度も頷いて答える。トレバーの首にしがみついているから彼の目にはろくに見えなかっただろうけど、動きを感じ取ったのだろう。一層速い動きで突き上げてくる。

「イって……!」

その声と同時にひと際強く突かれ、ルイーザは自身を解き放つ。トレバーも同時に自身を解放し、ルイーザの奥底に長く大量に精を放った。

翌日の夕方に差し掛かろうという時間に目を覚ましたルイーザは、身支度をすっかり調え、昨夜の事件を聞き付けお見舞いに来てくれた人たちの対応までしてきたトレバーにぷりぷり怒った。

「やりすぎよ！」

お風呂で愛し合ったあと、寝室でも夜が明けるまで付き合わされて、それから夕方まで爆睡したはずなのに全然疲れが取れていない。

そんなルイーザに、トレバーは幸せいっぱいなつやつや顔で謝った。

「ごめん。ルイーザが愛しくてつい」

「んもう。今度やったらしばらく寝室を別にするからね」

「うん、わかった。まだ眠そうだけど、もうひと眠りする？」

「ううん。お腹が空いたし、ちゃんとしたご飯を食べたいから起きるわ」

そうは言ったものの、怠くて起き上がるのも億劫だ。そんな自分に鞭打つように、ルイーザはえいやっと起き上がる。

その途端、ルイーザは差し迫った身体の不調に見舞われた。ベッドから飛び下りて一目散に走る。そして洗面器に顔を伏せ大きく嘔吐《えず》いた。

その光景を見て、トレバーはルイーザを介抱しながら叫んだ。

「ルイーザ!?　誰か医者を！　医者を呼んでくれ!!」

フレッチャーをはじめとした屋敷中の者を巻き込んで大騒ぎしたのち、本邸から駆け付けたガスコイン侯爵家専属の医者がルイーザを診察し、あっさりと告げた。

「ご懐妊です」

天才のはずのトレバーが、ぽかんとして尋ねた。

「ゴカイ、ニン？」

医者は丁寧に発音する。

「ご懐妊です。順調に行けば来年の二月か三月にはお子様がお生まれになりますよ。つまり吐き気はつわりです」

トレバーはぶるぶる震えたかと思うと、両手を上げて叫んだ。

「やったー！　ルイーザ！　私たちの子だ！」

クラッカーを食べ、薄い紅茶を飲んでいたルイーザを、トレバーは脇の下に手を入れて抱き上げ振り回そうとする。

医者はすぐさま止めた。

「今は大事なときです。激しく動かしたりなどしてはいけません。聞けば昨夜大変な事件に遭われたとか。よく御子が流れなかったものです。急に来た吐き気は、昨夜の影響もあるかもしれません」

トレバーは真っ青になってルイーザをそっと椅子に下ろすと、深刻な顔をして言った。

「ルイーザ。これから君は社交界に出なくていい。屋敷から、いやこの部屋からも出なくていい！　身体を大事にしないと！」

「運動不足もお身体に障りますよ。具合が悪くなければ普段通り過ごしてください」

医者は呆れながらトレバーに助言する。そんな医者に、ルイーザは挙手して質問した。

「はい、先生！　私は走り込みを日課にしてるんですが、走っても大丈夫ですか？」

医者は目を丸くし、それから笑った。

「貴族のご夫人が走り込みですか!?　いやはや、健康的でよろしいですな！　ですが昨夜のこともありますし、数日は控えたほうがいいでしょう。今後食の好みが変わってくるかもしれません。御子の分まで食べなければならないときですが、吐いてしまっては元も子もありませんから無理はなさらないよう」

それを聞いたトレバーが、舞台役者のように大きく手を振って命じた。

「フレッチャー！　ルイーザが何を食べたがってもいいよう、ありとあらゆる食材を取り寄せるんだ！」

「旦那様。奥様が昨夜、身重の身で大立ち回りをしたことに動揺するお気持ちはわかりますが、いったん落ち着きましょう」

フレッチャーの冷静な言葉に、ルイーザも迎合する。

「フレッチャーの言う通りよ。食べたいと思ってから取り寄せてもらうので十分だったら」

だがその程度ではトレバーの気は宥められなかった。

「そんな悠長なことをしてたら、君と子供が飢え死にしてしまうじゃないか！」

「どんなに集めたって、わたしが食べられなきゃ意味ないじゃない」

「あ……」

もっともなことを指摘され、トレバーはぽかんとする。

それを見た医者やフレッチャー、心配して様子を見に来ていた使用人たちの笑い声が、屋敷中に響き渡った。

エピローグ

ルイーザ（とアントニア）の誘拐は、表向き金目当ての強盗の仕業ということにされた。他国の貴族の息子が起こした犯罪など、公にすれば双方の国にとって面倒なことこの上ない。クインシー・エイモスは私兵共々母国に強制送還とし、ダウリング王国国王へは罪状が書かれた内密の親書を送り、二度と罪を犯させないよう措置を求めた。

返書には、貴族籍を剝奪の上、厳重な監視の下強制労働を課していると書いてあったそうだ。二度と迷惑をかけられることはなさそうで一安心だ。

従兄のジェレミーとその仲間たちは鉱山送りになった。ルイーザの妊娠が判明したこともあり、ルイーザと我が子を命の危険にさらしたことに怒り心頭になったトレバーが、国王に厳しい罰を与えるよう強く訴えたためだ。

鉱山は労働環境の改善が進んでいるものの、農作業とは比べものにならないくらい重労働なのは変わらないので、今度こそ根性を叩き直してもらってほしい。

すっかり気候は秋めいて、窓の外も紅葉真っ盛りな十月。帰国してそろそろ一年になる今、妊娠も六か月を迎えお腹が大きくなりつつあるルイーザは、自宅であるガスコイン侯爵家別邸に軟禁されていた。

それを命じたのはもちろん夫のトレバーだ。

つわりに夏の暑さが重なったせいであまり食べられず体力もすっかり落ちてしまったルイーザを、トレバーがひどく心配したためだ。社交行事への参加はもちろんすべてキャンセル。社交シーズンも終わりに近付いた頃で良かった。

オフシーズンの今、夏バテ解消のために食べて、敷地内を散策して、昼寝をたっぷりしてという毎日を過ごしている。

ある晴れた日の昼下がり、温室のように暖かい窓辺で、ルイーザは安楽椅子に身体を預けていた。

そこにトレバーがやってきて、いつものように傍らの椅子に座る。

外交官の任務や次期侯爵の務めや商会の運営はいいのかと心配になって聞いたことがあるが、「大丈夫だよ」とにこにこ言われてしまった。なんでも、部下や従業員が各々きちんと役割を果たしてくれるので、トレバーは自宅にいて指示を出すだけでいいのだという。

トレバーの立場からして、まったく出掛けなくていいはずがない。付き合いや視察など、外でしなくてはならないことがたくさんあるはずだ。

（きっと、出掛けなくて済むようにいろいろ裏で手を回してるんだろうな。これだから天才は……）

呆れながらも、ルイーザの側から離れたくないと思ってくれるトレバーの気持ちが嬉しかったりする。

とはいえ、毎日屋敷に閉じこもって同じ生活を繰り返しているので退屈し切ってしまう。

そんなルイーザに、この日トレバーは新しい話題を切り出した。

「え!?　フレデリック殿下がとうとう帰国なさるの？」

「すぐにではないよ。今年の年末くらいかな？」

「これまで頑なに帰国を拒んできたのに、どうして？」

「来年になってすぐ、成人なさるだろう？　ティングハストで男性が結婚を許される年になるから、結婚に向けていよいよ動き出すそうだ」

それを聞いて、ルイーザは好奇心ではしばみ色の瞳をきらめかせる。

「ようやく殿下の想い人が判明するのね。トレバーは教えてくれないし、殿下にも聞けなかったから気になってたの。殿下のプロポーズを断った上、外交で大きな功績を上げないと結婚が許されない方ってどんな方なのか、お会いするのが楽しみだわ」

「……」

トレバーは黙ってにこにこしていた。フレデリックの想い人が誰なのか知ることはできても、会うことはできないだろうことは黙っておく。

ルイーザはトレバーの様子に気付くことなく、慈愛の笑みを浮かべて言った。

「わたしたちのことでいろいろお世話になったみたいだから、殿下にも幸せになってもらいたいわ」

「『殿下にも』ってことは、ルイーザは今幸せってこと？」

熱い眼差しを送られて、ルイーザは顔を赤らめてうろたえる。

好きな人と結ばれて、その人との間に子供を授かり、不安定な時期にずっと一緒にいてくれる。それを口にしたら、愛の告白になってしまう。

ルイーザは照れて返事を濁した。

「う……まあ、そうなんじゃない？」

トレバーは視線を逸らすルイーザを愛おしげに見つめ、頬に指を添わせてくすぐった。

「相変わらず素直じゃないね。そんな君も大好きだけど」

「ちょ！　やめてよ！」

トレバーは恥ずかしがって抵抗するルイーザを軽く押さえて、彼女の顔にキスの雨を降らせる。ルイーザはしぶしぶといった体で抵抗をやめて、唇へのキスを強請《ねだ》るようにトレバーの首に腕を回した。

あとがき

こんにちは。この本をお手に取ってくださりありがとうございます。

この作品は既刊『結婚できずにいたら、年下王子に捕まっていました』のスピンオフになります。『年下王子』を応援してくださった皆さんのおかげです。ありがとうございます！

『年下王子』をお読みいただいた方には、「えー？　あのふざけた男がヒーロー？」と思ってらっしゃる方もおられるかと思います。ですがご安心ください。編集さん方のご指導のもと、ふざけた部分も残しながらもヒーローらしいヒーローに仕上がったと思います。

これまで私は、ソーニャ文庫さんで腹黒で策略を巡らせてヒロインを手に入れるヒーローを書いてまいりましたが、今回のヒーローは腹黒でなく、ヒロインを手に入れるために自分で策略を巡らせもしないヒーローを書かせていただきました。三十歳で六歳の少女に恋した変態さんです。少女が十一歳（三か月後には十二歳）のとき結婚しましたが、少女が成人しても心を大事にして手を出さなかった良識的な変態さんです。

対するヒロインは、はねっ返りのしっかり者です。『年下王子』では名前と情報の欠片しか出せなかった彼女ですが、『年下王子』をお読みくださった方には「こういう子だったのか。でもって『妻が許してくれないのです』はそういう話なのね」と笑っていただけると嬉しいです。

妻の年齢が低すぎるところから始まっているという非現実的な設定なので想像するしかなかったのですが、「こんな関係あったらいいな」を詰め込めるだけ詰め込みました。私はにまにましながら書いたのですが、お読みくださる皆さんに少しでもその気持ちが伝わりましたら望外の喜びです。

『年下王子』に続き、今作も笹原亜美《ささはらあみ》先生がイラストを担当してくださいました。表紙は妻を飾るナイスミドルと、困惑する愛らしい若妻。ふんわり漂う背徳感がたまらないです！　今回も素敵なイラストをありがとうございます！

良い作品にすべく導いてくださった編集さん方をはじめ、この本に携わってくださった皆さん、無事刊行していただきましたことを心よりお礼申し上げます。ありがとうございます！

末筆ながら、ご購読くださった皆さんに大きな感謝を。数ある小説の中でこの作品を手に取ってくださってありがとうございます！　お楽しみいただけましたら幸いです。

またお目にかかれる日が来ることを願っています。

市尾彩佳

Sonya
ソーニャ文庫

この本を読んでのご意見・ご感想をお待ちしております。

◆ あて先 ◆

〒101-0051
東京都千代田区神田神保町2-4-7 久月神田ビル
㈱イースト・プレス　ソーニャ文庫編集部
市尾彩佳先生／笹原亜美先生

政略結婚《せいりゃくけっこん》した年《とし》の差《さ》夫《おっと》は、私《わたし》を愛《あい》しすぎる変態《へんたい》でした

2024年7月11日　第1刷発行

著　　者　市尾《いちお》彩佳《さいか》
イラスト　笹原《ささはら》亜美《あみ》
編集協力　蝦名寛子
装　　丁　imagejack.inc
発 行 人　永田和泉
発 行 所　株式会社イースト・プレス
〒101－0051
東京都千代田区神田神保町２－４－７ 久月神田ビル
TEL 03－5213－4700　　FAX 03－5213－4701
印 刷 所　中央精版印刷株式会社

©SAIKA ICHIO 2024, Printed in Japan
ISBN 978-4-7816-9772-7
定価はカバーに表示してあります。
※本書の内容の一部あるいはすべてを無断で複写・複製・転載することを禁じます。
※この物語はフィクションであり、実在する人物・団体・事件等とは関係ありません。

Sonya ソーニャ文庫の本

相変わらず柔らかい
私の腕からするする逃げる

異国の血を引くゾーイは、血統主義を重んじる貴族たちから見下されていた。そんな中、王太子アーノルドは事あるごとにゾーイに求愛するそぶりを見せ、心をかき乱してくる。ゾーイは彼の将来を案じ他の男性と婚約するが、それを知ったアーノルドに攫われてしまい……・・?

『王太子殿下のつれない子猫』　市尾彩佳
イラスト 駒城ミチヲ

Sonya ソーニャ文庫の本

『お義兄様の籠の鳥』　市尾彩佳

イラスト 駒城ミチヲ

Sonya ソーニャ文庫の本

早く僕を愛してください、早く……。

第二王子ルイとの結婚を命じられたアンジュ。だがこの結婚は、王太子よりも優秀なルイの力を削ぐための計略だった。初夜、ルイの目の前で死ぬよう厳命されていたアンジュだが、彼に命を助けられてしまう。アンジュは、何を考えているか分からない彼から逃げようと画策するが……。

『結婚願望強めの王子様が私を離してくれません』

栢野すばる
イラスト 鈴ノ助

Sonya ソーニャ文庫の本

『残酷王の不器用な溺愛』 八巻にのは

イラスト 氷堂れん

Sonya ソーニャ文庫の本

『死神元帥の囚愛』 市尾彩佳

イラスト みずきたつ

Sonya ソーニャ文庫の本

『自己肯定感が高すぎる公爵様が溺愛して放してくれません！』　こいなだ陽日
イラスト　笹原亜美

Sonya ソーニャ文庫の本

『結婚できずにいたら、
年下王子に捕まっていました』

市尾彩佳
イラスト 笹原亜美